LES SUPER SIX DU HOCKEY

MISE AU JEU GLACIALE

KEVIN SYLVESTER

Texte français de Louise Binette

Ce livre est dédié aux équipes du lundi et du jeudi matin à l'aréna Bill Bolton!

Catalogage avant publication de Bibliothèque et Archives Canada

Titre: Mise au jeu glaciale / Kevin Sylvester ; texte français de Louise Binnette.
Autres titres: Puck drops here. Français
Noms: Sylvester, Kevin, auteur, illustrateur. | Binnette, Louise, traducteur.
Description: Mention de collection: Super six du hockey | Traduction de : Puck drops here.
Identifiants: Canadiana 20200218921 | ISBN 9781443163507 (couverture souple)
Classification: LCC PS8637.Y42 P8314 2020 | CDD jC813/.6—dc23

Édition publiée par les Éditions Scholastic, 604, rue King Ouest, Toronto (Ontario) M5V 1E1, Canada.

6 5 4 3 2   Imprimé au Canada 114   22 23 24 25 26

Engagement solennel

ATTENDS! Avant d'avoir la permission de tourner cette page, tu dois faire une promesse.

Ce livre contient des **SECRETS ULTRASECRETS.** Des secrets qui sont gardés dans une chambre forte verrouillée quelque part au cœur du Bouclier canadien.

Ce livre te fera découvrir, cher lecteur, chère lectrice, un monde dont peu de gens, en dehors de l'auteur, du chef du gouvernement, de quelques robots et d'une poignée de poulets radioactifs, peuvent même imaginer l'existence.

Ouais. **DES TRUCS ÉTRANGES.**

Tu dois promettre de ne jamais répéter ce que tu liras dans les pages suivantes à **QUI QUE CE SOIT,** sous peine de... Eh bien, nous ne pouvons pas te donner de détails (après tout, c'est `ULTRASECRET`), mais tu ferais mieux de nous croire... c'est terrible.

Un jour, à Canmore, un élève de quatrième année qui n'avait qu'aperçu, à peine entrevu une page de ce livre, a répété un seul mot apparaissant sur cette page. **NOTE QUE NOUS PARLONS DE LUI AU PASSÉ.**

Donc... place ton pouce sur le scanneur ci-dessous et *promets solennellement* **(SOIS SINCÈRE).** Une fois que ce sera fait, tu pourras alors poursuivre la lecture de ce livre.

PREMIER AVERTISSEMENT*

Il existe des gens **MÉCHANTS, MESQUINS ET CUPIDES** qui veulent dominer la Terre. Des gens comme le **SCIENTIFIQUE DIABOLIQUE** (et ancien gardien de but médiocre) **Clarence Doubléchec.** Une **SEULE CHOSE** les arrête :

LE HOCKEY!

C'EST LUI,
Clarence Doubléchec

*Si tu lis ceci en ce moment, nous présumons que tu as accepté de prendre l'engagement solennel à la page précédente. Sinon, des drones d'attaque sont peut-être en route... ou pas.

CHAPITRE 1
ON ADORE LES RIGOLOS!

C'est un après-midi froid d'automne. Les cours viennent de se terminer au **RESPECTABLE INSTITUT DU GRAND OTTAWA DU LABEUR OBLIGATOIRE ET DU SAVOIR,** mieux connu sous le nom de RIGOLOS. ALLEZ, LES RIGOLOS!!!

Il est temps de faire connaissance avec nos « HÉROS », six élèves du RIGOLOS : Jenny, Benny, Mo, Stella, DJ et Karl.

CADEAU EN PRIME!!!!! Une carte de hockey exclusive de chaque joueur.

KARL

POSITION : centre (de l'attention)
SURNOM : l'idéateur
(lui seul utilise ce surnom)

STATISTIQUES

IDÉES : 1 000 000
BONNES IDÉES : hum, disons
PAS 1 000 000

BON À SAVOIR!

★ Karl croit qu'il devrait être le capitaine de l'équipe. N'importe quelle équipe.
★ La mère de Karl est la première ministre!

MO

POSITION : défenseur
SURNOM : la perche

STATISTIQUES

MINUTES DE PÉNALITÉ : zéro
TAILLE : grand!
LARGEUR : presque nulle!

BON À SAVOIR!

★ Il vient d'une grande famille. Mo est un pacificateur.
★ Il ne ferait pas de mal à une mouche.

STELLA

POSITION : défenseuse
SURNOM : l'hurluberlue (merci, Karl)

STATISTIQUES

NOTES : devrait n'avoir que des A+++, mais a du mal à se concentrer et se contente de B+

BON À SAVOIR!

★ Elle se laisse facilement distraire et trouve le monde entier fascinant.
★ Son ami DJ s'inquiète pour elle.

DJ

POSITION : gardien de but
SURNOM : limace; le bizarre

STATISTIQUES

MOYENNE DE BUTS ACCORDÉS : sous la moyenne

BON À SAVOIR!

★ Il est convaincu qu'il y a de dangereux animaux invisibles partout. Mais, bien sûr, c'est un gardien de but, et tout le monde sait que les gardiens de but sont tous un peu bizarres.
★ Son amie Stella s'inquiète pour lui... et pour les animaux invisibles aussi.

JENNY

POSITION : ailier droit
SURNOM : Jenerino; l'imbécile
(c'est Benny qui l'appelle
comme ça)

STATISTIQUES

MENTIONS D'AIDE : 45 la saison
dernière – aucune à son frère Benny.
Elle refuse de lui passer la rondelle.

BON À SAVOIR!

★ Elle a un frère jumeau nommé
Benny. Ils ne s'entendent pas toujours
bien. Si c'était le cas, ils formeraient
un duo du tonnerre au hockey!

BENNY

POSITION : ailier gauche
SURNOM : Benerino; l'imbécile
(c'est Jenny qui l'appelle
comme ça)

STATISTIQUES

MENTIONS D'AIDE : 45 la saison
dernière – aucune à sa sœur Jenny.
Il refuse de lui passer la rondelle.

BON À SAVOIR!

★ Il a une sœur jumelle nommée
Jenny. Ils ne s'entendent pas
toujours bien. Si c'était le cas, ils
formeraient un duo du tonnerre
au hockey!

On ne peut pas dire que ces six-là sont des amis. Ce sont plutôt des intellos qui ont certains points en commun, comme leur AMOUR DU HOCKEY.

Les voici en train d'écouter Karl. Ils sont sur le toit d'un édifice et attendent l'ascenseur. Tu sauras pourquoi dans un instant. Il est important de préciser que cela se passe AVANT que la VÉRITABLE ACTION COMMENCE.

Ils attendent l'ascenseur qui les conduira loin sous terre, vers une PATINOIRE DE HOCKEY ULTRASECRÈTE.

Il s'agit, bien sûr, d'une idée de Karl.

En fait, c'est en quelque sorte l'idée de Karl... Plus tôt en cette journée fatidique, tous les six ont reçu la même lettre de l'entraîneur Delapointe, entraîneur légendaire du CLUB DE HOCKEY LES RIGOLOS.

À vrai dire, ils n'ont pas reçu **EXACTEMENT** la même lettre.

Il faut être un élève spécial pour avoir le mot RIGOLOS inscrit sur son chandail de hockey! Si tu veux te joindre aux RIGOLOS, tu devras multiplier les entraînements!
Chacun de vous a quelque chose de spécial... je suppose. Cela dit, je n'ai aucune idée de ce que ça peut être parce que vous patinez tous comme une bande de poulets sauvages.
Vous devez former une équipe!
Je prendrai ma décision concernant les joueurs sélectionnés demain!!!
Signé : Entraîneur Delapointe!!!
    ON ADORE LES RIGOLOS!!!!!!!

L'entraîneur a mentionné un point à améliorer chez chaque joueur.

MO est « trop maigre » et doit devenir « FORT COMME UN BŒUF ».

JENNY ET BENNY? Ils sont peut-être jumeaux, mais sur la glace, ils « **se battent pour la rondelle comme deux chiens affamés pour un os** » et doivent « APPRENDRE À TRAVAILLER ET À JOUER ENSEMBLE ».

STELLA? Elle est un peu « **dans les nuages** » et doit « **SE CONCENTRER SUR LE JEU** ».

DJ? Il est « **assez bizarre pour être gardien de but** », mais « **BEAUCOUP TROP LENT** » pour arrêter un grand nombre de rondelles.

KARL... eh bien, il est « trop KARL ».

Mais, malgré leurs « défauts », ils veulent **VRAIMENT, VRAIMENT, VRAIMENT** tous porter un chandail des RIGOLOS. **(QUI NE LE VOUDRAIT PAS?!)** Ils se sont donc rencontrés après l'école pour établir un plan.

Karl, comme d'habitude, a eu une idée. Il a toujours des idées. Certaines d'entre elles ne sont **PAS MAUVAISES.** Même si elles ont presque toutes fini par leur attirer **DES ENNUIS.**

Comme le **SERVICE DE PROMENADE DE CHIENS ET DE LIVRAISON DE PIZZA.** Ou le **KIOSQUE DE LIMONADE LIVRÉE PAR DRONE.**

Cette fois, il semble que son idée pourrait être bonne, mais – **ALERTE DE DIVULGÂCHEUR!** – elle se révélera en fait assez mauvaise, puis franchement bizarre... et peut-être, je dis bien peut-être, super.

L'idée de Karl consiste à suivre le conseil de

l'entraîneur Delapointe. **« PLUS D'ENTRAÎNEMENT NOUS RENDRA PLUS MEILLEURS. »**

— Je ne suis pas certaine qu'on peut dire « plus me... », commence Stella.

— Ouais. C'est comme être plus unique. On est unique ou on ne l'est pas, fait remarquer DJ.

— Là n'est pas la question! dit Karl.

— Je suis unique, affirme Benny.

— Ha! Nous sommes jumeaux, imbécile, répond Jenny.

— Et je suis « l'unique » de nous deux à savoir jouer au hockey.

— Répète ça pour voir, dit Jenny en grinçant des dents.

— Pour voir que j'ai raison?

Les poings serrés, les jumeaux s'engagent dans une épreuve qui consiste à soutenir le regard furieux de son interlocuteur.

Karl en a assez entendu.

—**VOULEZ-VOUS FAIRE PARTIE DES RIGOLOS OU PAS?**

Les autres hochent la tête.

— **DANS CE CAS, ALLONS NOUS ENTRAÎNER!**

L'ascenseur arrive. Ils y entrent tous les six et amorcent une

L
O
O
O
O
O
N
G
U
E

descente sous terre.

CHAPITRE 2
LA CLÉ VERS LE MONDE BIZARROÏDE DE KARL

L'ascenseur les largue sur le sol en pierre d'une grotte gigantesque. Dans l'obscurité, ils distinguent deux énormes portes en métal avec l'inscription **« 53 – DÉFENSE D'ENTRER – DANGER »** peinte en orange vif.

Ouah! La **PATINOIRE 53** est une **PATINOIRE DE HOCKEY EXPÉRIMENTALE ET ULTRA-SECRÈTE DU GOUVERNEMENT,** cachée dans un **MYSTÉRIEUX BUNKER,** loin sous terre dans le sous-sol du **MINISTÈRE DES AFFAIRES FRIGORIFIQUES.**

Jenny grimace devant la sinistre peinture orangée.

— Karl, l'accès à cet endroit semble être **STRICTEMENT INTERDIT.**

Karl sourit.

— Du calme. Vous savez que ma mère est la première ministre, n'est-ce pas?

Les autres acquiescent d'un signe de tête.

— Eh bien, elle dit qu'on peut entrer.

— J'ai du mal à croire ça, dit Benny en levant le sourcil gauche.

Jenny hausse automatiquement le sourcil droit.

— **VRAIMENT? ALORS COMMENT EST-CE QUE J'AURAIS EU LA CLÉ?**

Karl tient une clé dorée dont les côtés sont parsemés de microplaquettes.

Comment a-t-il eu la clé?

En fait, Karl l'a « empruntée » à sa mère.

— EH BIEN, C'EST ELLE QUI L'A LAISSÉE TRAÎNER LÀ, AU FOND DU COFFRE-FORT DISSIMULÉ DERRIÈRE LE PORTRAIT DE LA REINE.

MA FOI, ELLE ÉTAIT PRESQUE À PORTÉE DE MAIN!

SI ELLE N'AVAIT PAS VOULU QUE JE PRENNE LA CLÉ, POURQUOI M'AURAIT-ELLE LAISSÉ SEUL DANS SON BUREAU PENDANT QU'ELLE ALLAIT AUX TOILETTES?

ET POURQUOI AURAIT-ELLE CHOISI LE NOM DE NOTRE CHIEN (GORDIE HOWE) COMME MOT DE PASSE POUR OUVRIR LE COFFRE-FORT? C'EST ÉVIDENT...

ELLE VOULAIT QUE JE PRENNE LA CLÉ.

— Moi, je fiche le camp, dit Mo en retournant vers l'ascenseur.

Karl se précipite pour le retenir.

— **SAIS-TU QUI L'ENTRAÎNEUR CHOISIRA POUR FAIRE PARTIE DE L'ÉQUIPE SI CE N'EST PAS NOUS?**

Mo s'arrête. Il frémit légèrement.

— **LA GRAPPE?** souffle-t-il dans un murmure rauque.

Karl hoche la tête.

— Oui, la GRAPPE.

La **GRAPPE**, qui signifie **GROUPE DE RIGOLOS ABSOLUMENT PRODIGIEUX ET PARFAITEMENT EXÉCRABLES,** est formée des six élèves les plus méchants de l'école. Tu feras leur connaissance plus tard, et je m'en excuse à l'avance. Pour l'instant, tout ce que tu dois savoir, c'est que Mo ne peut supporter l'image de ces six brutes portant le chandail de l'école.

— OK, dit Mo.

Karl se tourne vers la porte.

— **ATTENDS!** s'écrie DJ. **EST-CE QU'IL Y A DES**

TIGRES LÀ-DEDANS?

Comme nous l'avons mentionné plus tôt, DJ est gardien de but. Puisque les gardiens de but sont universellement reconnus pour être bizarres, ce type de question n'est pas totalement inattendu.

Karl secoue la tête.

— Bon sang! NON! Ce qu'il y a là-dedans, c'est **LA MEILLEURE** PATINOIRE DE HOCKEY DU **MONDE ENTIER.** Le simple fait de patiner sur cette glace nous rendra meilleurs!

Stella se balance d'avant en arrière dans son fauteuil roulant.

— Je crois que Jenny a raison. Ça a l'air dangereux.

— Et qu'est-ce que c'est que cette lueur étrange sous la porte? demande Benny.

Ils baissent tous les yeux. **UNE FAIBLE LUMIÈRE BLEUTÉE DANSE À LEURS PIEDS.**

— **C'EST SI JOLI!** dit Stella.

Elle écarquille les yeux et tend le bras vers la lumière.

DJ claque des doigts devant le visage de Stella.

— **TROIS MOTS** : **TIGRES. NUCLÉAIRES. MEURTRIERS.**

Stella ouvre encore **PLUS GRAND** les yeux.

— Je parie que les tigres tentent de nous hypnotiser en ce moment, chuchote DJ.

Stella recule.

— Merci, DJ, pour l'avertissement!

Elle lui tape dans la main.

— Je ne suis pas sûre que ce soit des tigres, dit Jenny. Mais ça ne semble pas... banal.

— Je crois que tu veux dire « naturel », intervient Benny.

Sa sœur lui donne un coup au bras.

— Arrête de me corriger.

— Je ne t'ai pas corrigée. Mon cerveau supérieur a suggéré un mot plus approprié.

Benny la frappe à son tour et, quelques secondes

plus tard, ils se battent à coups de gants.

— Tu viens encore de me corriger.

CHLONC!

— Tu n'as qu'à ne pas faire autant d'erreurs.

CHLAC!

Karl se frappe le front avec la paume de sa main.

— **C'EST DÉSESPÉRANT.**

— S'il vous plaît, arrêtez de vous battre, dit Mo.

Il s'efforce toujours de jouer le rôle de pacificateur. Il a eu de nombreuses occasions de s'exercer à force de côtoyer les jumeaux, mais n'a pas souvent réussi à rétablir la paix entre eux.

Benny et Jenny continuent de se bagarrer.

Mo s'interpose entre les jumeaux déchaînés. Une erreur qu'il fait **SOUVENT.**

— AÏE! lâche-t-il. ÇA SUFFIT!

— **TAISEZ-VOUS!** dit Stella, la gorge serrée. **VOUS POURRIEZ ATTIRER LES TIGRES!**

Benny lance un gant vers Jenny, qui l'esquive. DJ donne un coup de poignet pour l'attraper... mais il est trop lent et rate son coup. BIENTÔT, LES PIÈCES D'ÉQUIPEMENT DE HOCKEY VOLENT DANS TOUS LES SENS.

— Argh, fait Karl qui s'éloigne de la mêlée en secouant la tête de découragement.

Il insère la clé dans la serrure. Un cliquetis métallique bruyant se fait entendre, puis les **ÉNORMES PORTES S'OUVRENT.**

Une bouffée d'air froid leur coupe momentanément le souffle et met fin à l'échauffourée. Les regards se tournent aussitôt vers les portes.

Et c'est alors que les six enfants relativement normaux se glissent à l'intérieur, leur sac de sport ballottant sur leur dos, **LEUR VIE SUR LE POINT DE CHANGER À JAMAIS.**

CHAPITRE 3

DANS LE BUREAU DE LA PM PATINAGE

À l'instant même où Karl glisse la clé dans la serrure, sa mère – la première ministre Pauline Patinage – reçoit ce DOSSIER HAUTEMENT CONFIDENTIEL.

(**ATTENDS!** Avant de te laisser poursuivre ta lecture, je dois te révéler un secret dont **MÊME KARL** n'est pas au courant. Sa mère n'est pas seulement la première ministre; elle est aussi CHEF SECRÈTE du CONSEIL ULTRASECRET EN MATIÈRE DE PRÉPARATION AUX MENACES ET PÉRILS MONDIAUX INCONTESTÉS [CUPMPM pour faire court – le I est muet].)

À : PM PP

DE : Section d'espionnage du CUPMPM
(ou Conseil ultrasecret en matière de
préparation aux menaces et périls mondiaux
incontestés, pour faire long)

OBJET : LE SCIENTIFIQUE DIABOLIQUE!
NIVEAU D'ALERTE : VRAIMENT ÉLEVÉ...
EXTRÊME, MÊME! EXTRÊME x 1 000 000 000!

CE QUI SE PASSE : Nous avons appris que le
scientifique le plus haut placé du gouvernement,
Clarence Doubléchec, n'est pas celui que nous
croyions.

CELUI QUE NOUS CROYIONS QU'IL ÉTAIT :
Qualifié et à notre service.

CE QU'IL EST RÉELLEMENT : Le mal en personne
et désireux de diriger le monde.

CE QU'IL FAIT : Vous vous rappelez tous ces
fameux cristaux de glace de comète qu'il a
réquisitionnés? Le Gélum 7?

Bien sûr que la PM Patinage s'en souvient. Elle avait signé des papiers lui cédant deux gros morceaux de cet élément super gelé extrêmement rare. Il disait travailler sur une nouvelle façon de fabriquer des patinoires artificielles qui pourraient demeurer ouvertes toute l'année.

UNE PRIORITÉ NATIONALE!

EH BIEN... Il ne les utilise pas pour des patinoires. Il s'en sert plutôt pour créer un rayon gelant qui pourrait congeler la planète tout entière.

GÉLUM 7

La PM PP a le souffle coupé.

Et avec raison! Nous le soupçonnons de vouloir transformer le monde en un bloc de glace géant.

— Pourquoi? demande la PM PP à haute voix.

Nous pensons qu'il extorquera ensuite des millions, et même des milliards de dollars aux gouvernements du monde pour accepter de faire fondre la planète. Il faut l'empêcher d'y arriver.

UNE REMARQUE, EN PASSANT : Doubléchec était un **très mauvais gardien de but,** mais il est un brillant scientifique.

MINI-BD EN PRIME!

CLARENCE DOUBLÉCHEC

15¢ N°1

SUPER SIX

LES ORIGINES

TOURNE LA PAGE SI TU L'OSES!

LA LUMIÈRE ROUGE A ÉMIS UNE RADIATION À BASSE FRÉQUENCE QUI A ACTIVÉ UN ÉLÉMENT INFECT INCRUSTÉ DANS L'ÉQUIPEMENT MÊME (L'ÉLÉMENT QUI PROCURE À L'ÉQUIPEMENT DE HOCKEY SON « ARÔME » CARACTÉRISTIQUE : CELUI D'UN RATON LAVEUR MORT AU CREUX D'UNE AISSELLE).

L'ÉLÉMENT S'EST FIXÉ À SON CORPS, CRÉANT UN HYBRIDE MI-HUMAIN, MI-ÉQUIPEMENT DE GARDIEN DE BUT, ALIAS **LE DOCTEUR CLARENCE DOUBLÉCHEC.**

HAHAHAHAHAHAHAH

DEPUIS CETTE EXPÉRIENCE, IL A L'ESPRIT ENCORE PLUS TORDU ET IL PLANIFIE EN SECRET DE DOMINER LE MONDE.

FIN?

MAINTENANT, de retour à la lettre...

Oh, et on l'a aussi vu traîner à proximité de la patinoire expérimentale 53.

IL S'AGIT D'UN **RISQUE HAUTEMENT PRIORITAIRE!**

FAITES QUELQUE CHOSE!

Signé,
Agent n° 99

La première ministre Patinage se précipite vers son coffre-fort pour prendre la clé de la **PATINOIRE 53.**

Comme tu le sais déjà, elle a disparu. La PM trouve quand même cette note de Karl : *Salut maman, parti jouer au hockey. À+*

Pauline Patinage appuie sur un bouton en forme de rondelle sur son bureau.

Elle donne un ordre immédiat à son assistant, M. Philibert.

— Tout de suite, PM PP!

Il ricane.

— Ou plutôt, PM Mémé... Ha ha!

— PHILIBERT, dit la PM PP.

— Oh, désolé. Je croyais avoir éteint le microphone.

Et tandis qu'elle monte dans son hélico, les enfants lacent leurs patins, et **QUELQUE CHOSE D'AUTRE (D'ABSOLUMENT TERRIBLE)** SE PRÉPARE.

CHAPITRE 4
UNE TERRIBLE MENACE
À LA PATINOIRE 53

Le scientifique diabolique Clarence Doubléchec effectue quelques réglages de dernière minute à ce qui ressemble à un cornet de crème glacée en métal collé à une boule de quilles. L'appareil émet une étrange lumière bleue.

Bien entendu, ce n'est pas du tout un cornet de crème glacée. En fait, il s'agit d'une machine tout simplement abominable.

— Voici le **rayon glaçant suprême 5 000,** un pistolet à rayons qui peut congeler des planètes entières!

Doubléchec sourit et dirige le rayon vers la patinoire.

VRAIMENT GÉNIAL, NON? HÉ, HÉ!

Normalement, sa surface est glacée. Mais aujourd'hui, c'est une nappe d'eau. Doubléchec a coupé le système de réfrigération et a laissé fondre la glace.

POURQUOI?

Son **PLAN MACHIAVÉLIQUE** consiste à faire regeler la patinoire... Mais pas seulement la patinoire. Bien. Plus. Encore.

Car...

— Quand je projetterai ce rayon, l'eau regèlera. **MAIS** ça ne s'arrêtera pas là. Cette eau super **gelée glacera à son tour tout ce qui la touchera,** et ainsi de suite... Le rayon traversera la planète à toute vitesse, transformant la Terre en un bloc de glace. **HAHAHAHAHAHAHA!!!**

POURQUOI?

— Bah! Si les dirigeants du monde veulent **sauver**

leurs chers villes et villages, ils devront **me payer généreusement** pour que j'accepte de faire fondre ces formidables glaciers géants!

Il branche le **rayon glaçant suprême 5 000,** et un vrombissement se fait entendre.

— Quelques minutes seulement, le temps qu'il se *réchauffe,* si l'on peut dire.

Il rit de sa propre (mauvaise) blague.

Doubléchec se frotte les mains en jubilant. Ce sera le couronnement de sa carrière. Oui, il a mené de nombreuses expériences fructueuses dans le passé. Comme transformer de vieilles rondelles en assiettes pour la cafétéria de l'école... Bon, c'est vrai que ça donnait à la pizza un goût de caoutchouc, mais grâce à lui, le ministère de l'Éducation a économisé des millions de dollars. Et cela lui a valu un emploi au gouvernement avec en prime un laboratoire super équipé.

Mais le rayon glaçant, lui, le rendra célèbre. Mieux encore, il sera plus riche que dans ses rêves les plus fous, **et il dirigera le monde entier.**

— **Rien ne peut m'arrêter maintenant! RIEN!!!!!**

Un grognement et un grand fracas retentissent derrière lui. Doubléchec courbe le dos. Il gémit et se frotte les tempes. Bon, d'accord, ses expériences ne se sont pas toutes bien déroulées. Celle des **CALMARS DES GLACES SUPERGÉANTS** ENFERMÉS DANS UNE CAGE À PROXIMITÉ, par exemple.

(**NOTE :** Les calmars des glaces sont microscopiques dans leur habitat naturel – les boucliers de glace du Grand Nord canadien. Peu de gens connaissent même leur existence. Ils sont habituellement très doux et gentils. Ils aident souvent les ours polaires à repérer des glaces flottantes solides et les manchots égarés à retrouver leur chemin vers le sud.)

Doubléchec en a capturé une poignée et s'est servi d'une autre invention – le **FORMATRON 2 000** – pour en faire des calmars immenses. Mais ce geste a eu un effet secondaire inattendu : ils sont aussi devenus **IMMENSÉMENT FURIEUX.**

– **LAISSE-NOUS SORTIR!** hurlent les calmars.

Il espère les inscrire en tant qu'équipe au **TOURNOI DE HOCKEY ANNUEL DE LA COUPE À UN MILLION DE DOLLARS DE LA MONNAIE CANADIENNE.** Ils ont un talent naturel et sont énormes. Ce sera de l'argent facilement gagné! C'est pour ça qu'ils sont ici, avec lui, à la patinoire. Pour s'entraîner.

Le problème, c'est qu'ils sont **TERRIBLEMENT VIOLENTS. Et PUANTS.** Et maintenant que leurs dents ont

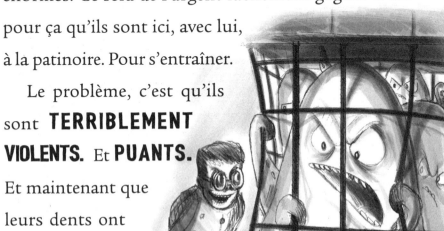

GROSSI, probablement **CARNIVORES.** Il ne sait pas exactement quoi faire avec eux.

Les calmars des glaces secouent les barreaux de leur cage. Ils montrent les dents en grognant.

Cela fait naître une **IDÉE HORRIBLE** dans l'esprit de Doubléchec.

— Mmm. Ces bêtes féroces pourraient m'être utiles. Les dirigeants du monde qui refuseraient de me payer pourraient recevoir la visite de l'un d'eux. Qu'en pensez-vous, les monstres?

Les calmars chahutent et hurlent de plus belle.

— **ON A FAIM!**

Le plus gros, Vlort, crie et agite frénétiquement ses tentacules entre les barreaux.

— **ON VEUT À MANGER! À MANGER!!!**

— Tu te demandes **pourquoi mon plan est aussi astucieux?** dit Doubléchec, qui a l'habitude d'entendre ce qui lui plaît.

Vlort beugle de frustration.

Doubléchec ignore ses protestations et se dirige vers la cage, tout juste hors de portée des tentacules du monstre.

— Je suis content que tu poses la question. Voilà comment ça fonctionne. Le rayon glaçant suprême 5 000 est alimenté par deux précieux cristaux gelés – le Gélum 7 – extraits de la comète de Halley. Ils sont l'incarnation même de la glace!

— **NOUS ALLONS TE DÉVORER!** dit Vlort.

— **Tu veux que je continue?** demande Doubléchec.

— **CE N'EST PAS CE QUE J'AI DIT NON PLUS!**

— Eh bien, une fois qu'ils seront projetés dans l'eau, la patinoire s'imprégnera de la puissance du froid le plus glacial de l'univers. Cette puissance s'étendra encore et encore, et gèlera tout ce qu'elle touchera!

Il éclate d'un effroyable rire sinistre.

— S'il vous plaît? À manger? insiste Vlort en pleurnichant.

— Oui! Je vais me VENGER! déclare Doubléchec.

Sur ce, il bondit vers l'appareil et appuie sur le bouton. **Le rayon glaçant suprême 5 000** se met à ronronner et à émettre une lumière bleu électrique encore plus brillante.

À ce moment précis, l'hélico de Pauline Patinage approche de l'aire d'atterrissage sur le toit du MINISTÈRE DES AFFAIRES FRIGORIFIQUES.

Et six aspirants joueurs de hockey constatent que la patinoire qui s'étend devant eux n'est pas gelée.

CHAPITRE 5
UNE PEUR BLEUE

Mo est le premier à réagir.

— Hé! Qu'est-ce qui se passe? demande-t-il. **CE N'EST PAS UNE PATINOIRE, C'EST UNE PISCINE!**

L'eau ondule à la surface.

— **C'EST SI JOLI,** s'émerveille Stella.

Elle avance doucement en écarquillant les yeux.

DJ fait claquer ses doigts. Stella s'arrête.

— **IL Y A PEUT-ÊTRE DES REQUINS,** fait-il remarquer.

Stella retire vivement sa main tendue.

— Merci, DJ! dit-elle en lui tapant dans la main.

Karl lève les yeux au ciel, puis trempe le bout de son bâton dans l'eau. Celui-ci s'enfonce de quelques centimètres, puis heurte quelque chose de solide.

— Mais non, il y a de la glace sous l'eau. C'est seulement le dessus qui est un peu mou.

— UN PEU mou! Comme la tête de Jenny! lâche Benny.

Sa sœur lui flanque un coup sur l'épaule et se tourne vers Karl.

— **CE N'EST PAS DE LA GLACE. C'EST LE PLANCHER DE BÉTON.**

— Je ne veux pas abîmer mes nouveaux patins, dit Mo. Allez, on s'en va d'ici.

— Au revoir, les requins, lance Stella.

Elle pivote et s'éloigne.

Karl n'a pas l'habitude que les gens rejettent ses idées aussi rapidement, même les mauvaises.

— **EH BIEN, MOI, JE VAIS PATINER,** déclare-t-il sur un ton défiant. **REGARDEZ-MOI BIEN.**

Le groupe se rassemble près de la porte d'accès pour la surfaceuse alors que Karl est sur le point de mettre le pied sur la glace.

— Tu vas te noyer! s'exclame DJ **EN TENDANT LA MAIN POUR AGRIPPER KARL.**

Il rate son coup à deux reprises. Mais à sa troisième tentative, il réussit.

— Lâche-moi, le bizarre! proteste Karl en se débattant pour se libérer.

PUIS STELLA ATTRAPE DJ À SON TOUR.

— Ne tombe pas dans le bassin des requins!

Karl donne un coup d'épaule, entraînant presque DJ et Stella dans l'eau avec lui.

— **AU SECOURS!** s'écrie Stella.

JENNY AGRIPPE STELLA. En fait, c'est plutôt Benny qui pousse Jenny sur elle. Jenny saisit Stella par une épaule pour maintenir son équilibre, puis tend son bras libre vers son frère. **BENNY ATTRAPE SA**

MAIN. MO AGRIPPE BENNY.

Sans le vouloir, ils ont formé une **CHAÎNE HUMAINE.** S'ils n'avaient pas tous été si près les uns des autres, ce livre se terminerait peut-être ici.

MAIS ILS L'ÉTAIENT...

ET C'EST LOIN D'ÊTRE FINI.

Une **LUMIÈRE VIVE** semblable à un éclair jaillit.

— **AAAAAAAAAAAAAH!!!!!!** hurle Karl au moment où une bouffée de **PURE ÉNERGIE BLEU ÉLECTRIQUE** se répand comme des flammes dans son corps.

— **AAAAAAAAAAAAAH!!!!!!**
crie-t-il. Des tigres nucléaires! JE
VOUS L'AVAIS DIT!
**L'ÉNERGIE SE TRANSMET
D'UN ENFANT À L'AUTRE.**
— **AAAAAAAAAAAAAH!!!!!!**
font-ils les uns après les autres.

Finalement, après ce qui leur paraît une éternité, la
flamme bleue part en fumée et les enfants tombent sur
la glace maintenant solidement gelée. Des traînées de
brume bleutée émanent de leurs corps.

Et soudain, un **HURLEMENT DE COLÈRE ET
D'INCOMPRÉHENSION S'ÉLÈVE** à l'autre extrémité de
la patinoire.

CHAPITRE 6
DOUBLÉCHEC EN ÉCHEC

Doubléchec contemple la patinoire en battant sans cesse des paupières. Il se frotte les yeux, mais la réalité reste la même. Il y a de la glace, mais aucun glacier ne grossit à vue d'œil. Ce n'est qu'une simple patinoire de hockey, un tantinet bleutée, miroitante et gelée.

Comment pourra-t-il menacer les dirigeants du monde avec ça?

— ÇA N'A PAS MARCHÉ!

Doubléchec frappe la machine à rayons d'un coup de poing. Elle siffle, crache et fume.

— C'est impossible, dit-il. **— DE LA GLACE!** hurlent les calmars. **VOUS DEVEZ NOUS LIBÉRER! — JE DOIS TOUT GELER? ENCORE?** dit Doubléchec. Je ne peux pas! Je n'ai plus de **CRISTAUX DE GÉLUM 7.** Franchement, **RÉFLÉCHISSEZ une seconde,** bande de grosses bêtes affreuses.

L'APPAREIL À RAYONS PREND FEU.

— Retour à la case départ, dit Doubléchec en faisant la moue.

Les calmars poussent des cris jusqu'à ce qu'il se tourne vers eux.

— Qu'est-ce qu'il y a?

Les bêtes indiquent quelque chose avec leurs tentacules.

— La patinoire, là-bas, disent-ils. Elle parle.

Cette fois, Doubléchec les écoute pour vrai.

Il se retourne et aperçoit une faible **LUEUR BLEUE QUI SE DÉPLACE TRÈS VITE SUR LA GLACE.**

Un **« WOUHOU! »** bruyant retentit. Le cri se répercute sur la bande.

— **Qu'est-ce que c'est?** murmure Doubléchec en plissant les yeux.

Il ajuste ses lunettes protectrices et active le mode plan rapproché.

— **On dirait... des ENFANTS?**

À cet instant précis, sa montre se met à clignoter en rouge. « Hélicoptère en approche! Hélicoptère en approche! Hélicoptère en approche! » répète la montre.

Doubléchec appuie sur un bouton et l'hélico de la PM, qui est en train de se poser, apparaît à l'écran.

— **La première ministre Patinage! Fin de la partie!** dit-il. **POUR L'INSTANT.**

Doubléchec a préparé un plan de secours. Celui-ci comprend un jet, une énorme valise remplie de ses carnets, de sa collection de cartes de hockey et de quelques gros morceaux de l'élément radioactif cosmicium emballés dans un contenant Thermos. En résumé, tout ce dont il a besoin pour créer de nouveaux monstres ainsi que de nouveaux rayons catastrophiques et meurtriers.

Doubléchec se retourne pour partir. Un autre **« WOUHOU! »** sonore se fait entendre sur la patinoire.

— Mmm.

Il s'arrête et se frotte le menton. Il reste encore le problème des enfants.

— **Les témoins, c'est MAUVAIS POUR LES AFFAIRES.**

Et donc, juste avant de se diriger vers son laboratoire, il presse un autre bouton sur sa montre (c'est une assez grosse montre).

Un **DÉCLIC BRUYANT** résonne, et la porte de la cage des calmars des glaces s'ouvre toute grande.

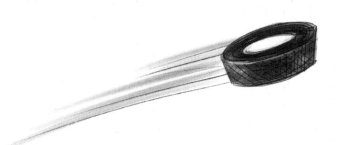

CHAPITRE 7
PRÉPAREZ-VOUS À LIBÉRER LES CALMARS

Jenny n'en revient pas.

— C'est fou ce que je suis rapide!

Elle lance **UN AUTRE « WOUHOU! »** et trace un cercle sur la glace. Benny patine à ses côtés, et leurs coups de patin sont parfaitement synchronisés.

— Quelqu'un a apporté des rondelles? demandent les jumeaux exactement au même moment.

— Moi, j'en ai, répond Stella au loin.

Elle se dirige vers le centre de la glace et vide un petit sac.

— Des disques en caoutchouc vulcanisé, constate-t-elle. Comme c'est élégant. Comme c'est charmant. Comme c'est techniquement remarquable. Saviez-vous que chaque rondelle pèse, et c'est le règlement, entre 156 et 170 grammes?

— Je ne savais pas. Et je m'en fiche, répondent Jenny et Benny à l'unisson.

Ils échangent un regard.

— **ÉTRANGE**, disent-ils **EXACTEMENT AU MÊME MOMENT.**

Benny lève son sourcil droit. Jenny lève le sien aussi. Benny désigne sa sœur du doigt.

— Vas-y...

— ... en premier, termine Jenny en pointant Benny du doigt.

Celui-ci penche la tête d'un côté.

— Comment as-tu...

— ... deviné ce que tu allais dire? complète Jenny en

penchant la tête elle aussi et en haussant les épaules. **JE
L'AI FAIT, C'EST TOUT. C'EST COMME SI TU ÉTAIS...**

— ... **DANS MA TÊTE.**

Benny se gratte le menton.

— **JE SAVAIS QUE TU ALLAIS DIRE ÇA.**

— Ouais. Moi aussi.

— **EST-CE QU'ON PEUT
ARRÊTER CE BAVARDAGE ET
JOUER AU HOCKEY?** s'écrie Karl.

— Je suis d'accord, approuve DJ.

Il patine jusqu'à son filet et ferme
les yeux pendant un instant pour se
concentrer. Puis il cogne sur chacun des poteaux. Le son
est si fort que son casque protecteur en tremble.

— Ouah!

Il pointe les jumeaux de sa mitaine.

— Je suis prêt. Allez-y.

Benny **SE MET EN POSITION ET TIRE AU BUT.**

La rondelle siffle alors qu'elle se dirige vers le coin supérieur du filet à la vitesse d'un missile. Un **BOUM** retentit au moment où DJ lève sa main gantée à la dernière milliseconde et fait dévier la rondelle au-dessus du filet.

— Mais c'était *quoi* ça? demandent Benny et Jenny, bouche bée.

DJ examine sa mitaine. Il n'en croit pas ses yeux.

— HUM. JE CROIS QUE C'EST CE QU'ON APPELLE... UN ARRÊT?

Stella désigne la mitaine de DJ, qui fume légèrement.

— **TON TIR A FRANCHI LE MUR DU SON.**

— Le mur du son?

Stella hoche la tête.

— Trois cent quarante-trois mètres par seconde, si je ne me trompe pas. Sept cent soixante-sept milles à l'heure, selon le système impérial.

Ils dévisagent tous Stella.

— Comment le sais-tu? demande Karl.

Stella se tapote les lèvres tout en cherchant une réponse à cette question.

— Je n'en ai aucune idée. Enfin, j'ai une hypothèse de travail selon laquelle l'explosion de lumière y serait pour quelque chose, mais il me faudrait un groupe témoin afin d'établir si, en fait...

Comme si elle entendait sa propre voix pour la première fois, elle s'interrompt et plaque ses mains sur sa bouche.

— Attendez, marmonne-t-elle.

Qu'est-ce qui se passe?

— **ON DIRAIT QUE TON CERVEAU FONCTIONNE À PUISSANCE MAXIMALE,** dit Karl en tapant sur le casque de Stella.

Elle affiche un grand sourire.

— J'ai toujours eu ces informations dans ma tête. Mais maintenant, c'est comme si quelqu'un avait déverrouillé une porte. Elles fusent de toutes parts et sont pertinentes et... **VITE... POSE-MOI UNE QUESTION DE MATHS!**

— Euh... fait Karl tout en réfléchissant. Pi, jusqu'à la dixième décimale?

— 3,1415926535, lâche Stella.

Karl ignore si elle a la bonne réponse. **(EN FAIT, C'EST BIEN LE CAS.)**

Stella rayonne de joie.

— C'est comme si mon cerveau était ultraperformant.

— Attention, prévient DJ en patinant jusqu'à elle.

Je n'ai pas vu de tigres, **MAIS TOUT ÇA POURRAIT ÊTRE L'ŒUVRE DE POULETS RADIOACTIFS.**

— Vraiment?

Stella jette un coup d'œil rapide autour d'elle. Elle baisse le ton.

— Ils sont ici?

— C'est possible.

DJ jette des regards aux alentours.

— Ils sont probablement invisibles.

— Et sournois, ajoute Stella.

Karl lève les yeux au ciel.

— Certaines choses n'ont pas changé. Stella, voyons comment tu peux lancer.

Mais Jenny s'est déjà emparée d'une rondelle et patine à toute vitesse.

— **MOI D'ABORD.**

ELLE TRAVERSE LA LIGNE BLEUE, FEINTE À GAUCHE, PUIS À DROITE. DJ fait de son mieux pour suivre ses mouvements, mais alors qu'elle arrive à la hauteur du filet, elle lance adroitement la rondelle du revers et la propulse sur la barre transversale puis dans le but.

— **BIEN JOUÉ,** déclare DJ en hochant la tête. **MAIS J'AI BIEN FAILLI L'ARRÊTER.**

Stella approuve d'un signe de tête.

— J'estime qu'un millimètre plus bas ou une milliseconde moins vite, il aurait effectué l'arrêt.

— Puisque tu le dis, lance Jenny.

Elle rejoint son frère.

— La finesse vaut souvent mieux que la force brute, andouille.

Quelques minutes plus tôt, cette remarque aurait déclenché une confrontation épique entre les jumeaux. Mais Benny fait un poing-à-poing amical avec sa sœur.

— Joli but.

— Merci! dit-elle en inclinant la tête.

Tout à coup, ils s'arrêtent et se dévisagent en silence.

— **QU'EST-CE QUI SE PASSE?**

— Je continue à croire que ce sont les poulets radioactifs, soutient DJ.

— Misère, dit Karl.

Puis il remarque quelque chose.

— Hé, où est Mo?

Les enfants regardent aux alentours. Mo était là, avec eux, quelques secondes auparavant.

C'est alors que des bruits attirent leur attention à l'autre bout de la patinoire : **COUIC COUIC.**

CHAPITRE 8
MO... LA SOURIS?

Stella a le souffle coupé.

— Oh non! Il s'est transformé en souris!

— Une souris atomique assassine, je parie, lance DJ.

— C'est la porte d'accès pour la surfaceuse, pour l'amour du ciel! dit Karl.

Il pousse un soupir exaspéré et patine vers ses amis. Effectivement, la porte se balance et grince. **LES GONDS SEMBLENT TORDUS. LA VITRE EST CRAQUELÉE.** Plus loin règne une obscurité lugubre sous les gradins.

— Mais qu'est-ce qui s'est passé ici? demandent

Benny et Jenny.

— Vous ne croyez toujours pas aux souris atomiques?
chuchote DJ.

Stella se déplace lentement à reculons.

Karl regarde dans le noir.

— **MO! TU ES LÀ?**

— Es-tu une souris assassine? demande DJ.

— Tu veux bien t'enlever de là! dit Karl en repoussant
DJ. Bon sang, ces gardiens de but!

Soudain, **UN GROGNEMENT SOURD** s'élève dans la noirceur, comme si un ours sortait d'hibernation, suivi d'un grincement de métal tordu.

Ils lèvent les yeux tous les cinq et **RESTENT BOUCHE BÉE.**

Mo entre dans la lumière. Chacun de ses pas résonne sur le plancher comme un marteau-piqueur. Devenu incroyablement large d'épaules, il heurte le cadre métallique et le déforme.

Mo secoue la tête, l'air un peu sonné.

— **JE CROIS QUE JE SUIS TOMBÉ. C'EST COMME SI J'ÉTAIS TROP LOURD DU HAUT.**

Il aperçoit la bande démolie.

— Elle est en carton ou quoi?

Ses coéquipiers sont trop stupéfaits pour répondre.

Mo remarque leur air ébahi.

— **QUOI?**

Stella lève un doigt de plus en plus haut.

Mo baisse les yeux pour se regarder et reste figé. Son chandail de hockey, ample et flottant

il y a quelques minutes, est maintenant tellement étiré que les coutures menacent de céder. Ses jambières arrivent à peine à couvrir ses jambes.

— **OUAH!** fait Mo. **C'EST MON CORPS, ÇA?**

Il tapote ses bras et fait jouer ses muscles. Un son rappelant du gravier qui craque se fait entendre.

— Chouette!

— **MO**... **TU ES**... commence Benny.

— ... **HULK!** termine Jenny.

Mo contracte ses muscles de nouveau.

— Ça pourrait être utile en défense! Qui veut jouer?

Il patine jusqu'à la ligne bleue et frappe si fort sur la glace avec son bâton qu'il s'en faut de peu pour qu'il le brise.

Karl s'empare d'une rondelle et se dirige vers le but.

Au départ, Mo semble ne pas vouloir bouger, mais ça ne dure pas. En un éclair, il se retrouve sur le chemin de Karl. Il lui suffit d'un **SIMPLE COUP** de hanche pour projeter Karl **DANS LES AIRS ET PAR-DESSUS LA VITRE DE PROTECTION.**

Karl atterrit lourdement dans la troisième rangée.

— Désolé, dit Mo avec un sourire penaud.

— Cette mise en échec était illégale! s'écrie Karl en tentant de s'extirper des gradins.

— Au contraire, dit Stella. Le règlement stipule clairement que ce contact, dans un contexte normal de jeu, utilisé exactement pour ce genre d'activité, c'est-à-dire lorsque tu es en possession de la rondelle...

— **J'AI COMPRIS!**

aboie Karl en trébuchant dans une autre rangée de sièges.

— Je n'ai pas voulu te frapper, dit Mo. **MAIS, ÇA ALORS! JE SUIS VRAIMENT ÉNORME.**

— De plus, Karl, poursuit Stella, c'est plutôt toi qui l'as heurté, et non le contraire. La violence de cette collision t'a permis d'atteindre une vitesse en vol de près de 95 kilomètres à l'heure.

Karl se renfrogne, grimpe par-dessus la vitre de protection et retourne sur la glace en vacillant.

Mo fait craquer ses jointures.

— Qui est le suivant?

Jenny prend une autre rondelle et fonce vers Mo.

— Amène-toi! dit-il.

Benny hésite une seconde avant de la suivre.

Mo bloque le passage à Jenny et s'apprête à l'envoyer valser lorsqu'elle s'arrête brusquement et **PASSE LA RONDELLE** entre les jambes de Mo pour l'envoyer directement sur la palette de Benny.

Benny s'est posté **EXACTEMENT LÀ OÙ IL**

FALLAIT POUR RECEVOIR LA PASSE, comme s'il avait deviné que Jenny allait tenter cette manœuvre.

Benny patine vers sa sœur.

— Comment as-tu deviné... commence-t-elle.

— ... ce que tu allais faire? termine Benny. J'ai deviné, c'est tout.

— **ON LE REFAIT!** lancent-ils en chœur.

Sans effort, ils commencent à s'échanger la rondelle autour de Mo. Chaque fois qu'il s'avance vers eux ou vers la rondelle, les jumeaux la lancent hors de sa portée.

— Hé! s'écrie Mo. Ce n'est pas juste!

Mais Jenny s'approche un peu trop près de lui.

Cette fois, Mo lui bloque le passage à temps. Une autre bonne mise en échec avec la hanche expédie Jenny une dizaine de mètres dans les airs. Elle effectue un **SAUT PÉRILLEUX PARFAIT** et retombe sur ses patins. Elle relève aussitôt la tête et adresse un sourire rayonnant à Mo.

— Quoi? fait Mo.

— **JE N'AVAIS PAS LA RONDELLE,** répond Jenny. C'est une pénalité.

— **QUOI? COMMENT?**

Mo promène son regard autour de lui.

— **OÙ EST LA RONDELLE?**

— Ici!

Affichant un grand sourire, Benny patine en décrivant des cercles au centre de la glace. Juste avant d'être plaquée par Mo, Jenny a remis la rondelle à son frère.

— Tant pis pour toi, Mo!

DJ donne un coup de bâton sur la glace.

— Hé, le gardien se tourne les pouces!

Benny se dirige vers le filet.

— J'arrive!

Mais son sourire s'efface quand il baisse les yeux pour effectuer son tir et que le disque n'est plus sur sa

palette. Il jette un coup d'œil derrière lui et aperçoit Stella qui tourne en rond à la ligne bleue... avec la rondelle.

— **ÇA T'APPRENDRA À RESTER CONCENTRÉ.**

Stella tapote son casque avec la palette de son bâton.

— Si tu utilises seulement le lobe pariétal de ton cerveau, tu auras peut-être de la coordination, mais il faudra tout de même que tu sollicites ton cortex cérébral quand tu tenteras d'acheminer le disque en caoutchouc vers la destination souhaitée.

Benny cligne des yeux.

— Explications, s'il vous plaît.

Pendant un instant, Stella semble à la fois perplexe et impressionnée par ce qu'elle vient de dire.

— En termes simples, je t'ai dit de faire attention quand tu as la rondelle.

— **OUAH**...

Karl siffle doucement.

— Attendez, attendez, attendez. Tout le monde, arrêtez-vous un instant.

Il ferme les yeux et secoue la tête pour mieux se concentrer.

— Donc... les jumeaux

sont, comme qui dirait... **CONNECTÉS.** Stella est soudainement devenue **SUPERINTELLIGENTE.** DJ est **ULTRARAPIDE.** Mo est...

Mo étend le bras et frappe la bande si fort qu'on dirait un coup de tonnerre.

— **OUAIS. ÇA ALORS!** dit Karl. **ON A TOUT CE QU'IL FAUT POUR DEVENIR DES** RIGOLOS!

Mo contracte ses muscles de nouveau.

— Chouette! Eh, Karl... quel est ton superpouvoir?

Karl sourit et lève les mains.

— Je présume que je suis **BON DANS TOUT.**

— Oh, bon sang, dit Jenny.

— Prouve-le, ajoute Benny.

Karl hausse les épaules.

— Envoyez-moi la rondelle.

Mais avant que Stella puisse lui faire une passe, **UN ÉNORME FRACAS RETENTIT À L'AUTRE BOUT DE LA PATINOIRE.** Les enfants se retournent

et distinguent une rangée d'ombres géantes qui s'approchent. Chacune d'elles porte des gants de hockey et tient un bâton.

— Des tigres. Je vous avais prévenus, déclare DJ.

— Ce ne sont pas des tigres ni des poulets, ni rien d'autre dont tu nous rebats constamment les oreilles, dit Karl. Je ne sais pas ce que c'est.

Stella plisse les yeux alors que les calmars émergent dans la lumière.

— **IL SEMBLE S'AGIR D'IMMENSES CRÉATURES D'ORIGINE INCONNUE DU TYPE LIMACE.**

— Je crois que tu veux dire des **CROTTES DE NEZ**, suggère Jenny.

Mo fait craquer ses jointures.

— Et on dirait bien que ces crottes de nez veulent faire une partie.

Benny s'empare d'une rondelle. Son tir vers le but adverse est si brutal que le disque cabosse le poteau. Il sourit.

— AMENEZ-VOUS.

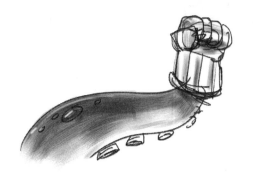

CHAPITRE 9
SUPERDIPLOMATIE?

Vlort bondit en avant, brandissant un bâton au-dessus de sa tête. Il se rue vers Mo, qui fonce à son tour. En freinant au centre, Mo projette une telle quantité de neige qu'un amoncellement se forme au milieu de la patinoire.

Vlort le traverse sans difficulté.

Mo plante solidement ses patins dans la glace.

— ÇA FAIT LONGTEMPS QUE J'ATTENDS D'AFFRONTER UN GORILLE COMME TOI.

— D'habitude, tu te retrouves dans le bureau du soigneur après, lui rappellent Benny et Jenny.

— Ça, c'était avant, dit Mo. Maintenant, les choses sont différentes.

VLORT POUSSE UN GRAND CRI, s'élance vers Mo puis... s'arrête. Décontenancé, il a un mouvement de recul.

— **POURQUOI TU N'AS PAS PEUR?**

— **POURQUOI JE DEVRAIS?** demande Mo avec un petit sourire satisfait. À mes yeux, tu n'es qu'un **GROS GORILLE PLEIN DE BOURRELETS** qui tient un bâton.

— Plein de bourrelets? répète Vlort en baissant les yeux pour contempler sa silhouette.

— **OUAIS. EST-CE QUE TU SAIS MÊME JOUER AU HOCKEY?**

Karl lance une rondelle en direction du calmar des glaces.

Celui-ci gronde et la lui renvoie aussitôt. La rondelle rate la tête de Karl de peu et va donner contre la bande, près du but de DJ. Le son se répercute de façon sinistre sur la patinoire.

— **ON JOUE MIEUX AU HOCKEY QUE VOUS!**

— **ON VIT DANS LA GLACE,** s'écrie un autre calmar nommé Splort. Et vous, où vivez-vous?

— À Ottawa, répond Karl. Sauf peut-être Stella, là-bas, qui vit dans un autre monde.

— Quoi? fait Stella en levant les yeux.

Elle est occupée à tripoter l'un des tentacules de Splort.

— Ooooooh! C'est tout **MIGNON ET BALLOTTANT.** Ou plutôt devrais-je dire gélatineux, avec une densité probable de...

— Hé, ça suffit! dit Splort en retirant brusquement ses tentacules.

— C'est peut-être un tigre déguisé en calmar, fait remarquer DJ.

Stella recule.

— Ce serait sournois, souffle-t-elle.

Karl lève les yeux au ciel. Encore une fois.

— **POURQUOI NOUS ATTAQUEZ-VOUS?**
demande-t-il.

— Eh bien, nous nagions
tranquillement dans l'Arctique,
commence Vlort, quand
tout à coup, nous avons
été **BOMBARDÉS** et
**EMPRISONNÉS DANS
DES CAGES.**

— **PAR NOUS?** demande Karl.

Les calmars échangent des regards perplexes.

— **HUM. EH BIEN, NON. PAS EXACTEMENT.**

— Pas du tout, en fait, dit Karl en inclinant la tête.
Donc en réalité, vous n'avez aucune raison d'être
furieux contre nous, n'est-ce pas?

Vlort abaisse son bâton.

— Punaise! C'est vrai que dit
de cette façon...

La paix semble assurée, jusqu'au
moment où, mort d'ennui, Mo
bâille et s'étire, **FRAPPANT
ACCIDENTELLEMENT BLORT**
en plein dans l'œil.

— **AÏE! L'HUMAIN M'A ATTAQUÉ!** s'écrie Blort.

Mo est sur le point de s'excuser – il ne parvient pas
encore à maîtriser sa superforce –, mais il n'aura jamais
l'occasion de le faire.

Le mot « humain » ravive un souvenir dans le
cerveau de Splort.

— C'est un humain qui nous a enlevés. **LES HUMAINS
DOIVENT PAYER!**

Les calmars brandissent leurs bâtons.

— Nous allons écraser **TOUS** les humains! hurlent-ils.

Blort abat son bâton sur la tête de Mo. Enfin, c'est ce qu'il vise, mais au dernier instant, Mo lève le poing.

Le bâton **SE BRISE EN MILLIONS D'ÉCLATS DE BOIS.**

— Quoi? Mais qu'est-ce que...? mugissent les calmars.

Mo enlève de sa main gantée les fragments du bâton pulvérisé sur son épaule.

— Et ça, ce n'est qu'un début.

Glort lance un nouveau bâton à Blort.

— **VOUS ALLEZ PAYER!** crie Blort.

Les calmars serrent les dents et se préparent à attaquer.

Stella, les jumeaux, Mo et DJ s'alignent en face d'eux.

Karl va aussitôt se placer entre les deux camps, les mains levées.

— **OK! OK!** Il est évident que vous voulez vous **BAGARRER.** Mais faisons-le de **MANIÈRE CIVILISÉE.**

— C'est-à-dire?

Karl regarde ses amis, qui trépignent d'impatience.

— Euh...

Il réfléchit à toute vitesse. **QUE PEUVENT FAIRE SIX ENFANTS CONTRE UN GROUPE DE CALMARS DES GLACES GÉANTS ET FURIEUX?**

S'ils étaient des enfants *normaux*, la réponse

serait : vraiment pas grand-chose. Ou encore : causer quelques indigestions aux calmars. **MAIS CE SONT DES ENFANTS DOTÉS DE SUPERPOUVOIRS.** Du moins, cinq d'entre eux, puisque Karl ne sait toujours pas de quel pouvoir il a hérité.

— Eh bien... je pense...

Pendant quelques instants, il se dit qu'il est peut-être devenu un superdiplomate, mais les grincements de dents des calmars chassent vite cette idée de son esprit.

DES IDÉES!

C'est peut-être le superpouvoir de Karl. Ses formidables et étonnantes idées! Est-ce que ce n'est pas déjà sa force? Ses **FORMIDABLES IDÉES SONT PROBABLEMENT... SUPER.** Sans aucun doute!

Sa plus récente idée consistait à rassembler six joueurs de hockey moyens pour en faire une excellente équipe, et il ne s'est pas trompé. **ILS SONT SUPER! ET ILS SONT SIX!** Ce qui signifie qu'ils forment une ÉQUIPE.

LES SUPER SIX DU HOCKEY!

Karl claque des doigts et pointe Vlort de l'index.

— **LE HOCKEY. VOILÀ LA SOLUTION.**

— Le hockey? répète Vlort.

— Oui. Vous prétendez être meilleurs que nous, n'est-ce pas?

Vlort affiche un petit sourire prétentieux.

— Évidemment.

— Alors, prouvez-le. **LA PREMIÈRE ÉQUIPE QUI COMPTE SIX BUTS GAGNE.**

Les calmars se rassemblent en un petit cercle.

Klort se tourne vers Karl.

— Gagne quoi?

— Eh bien, répond Karl, si nous gagnons, vous retournez dans vos cages.

— **ET QUAND NOUS GAGNERONS?**

— **VOUS POURREZ NOUS MANGER.**

Vlort se lèche les babines.

— **MARCHÉ CONCLU.**

Mo agrippe l'épaule de Karl.

— **KARL, TU ES CINGLÉ!?!**

— J'ai cru qu'il s'agissait de l'une de tes bonnes idées... commence Jenny.

— ... mais NON, termine Benny.

DJ et Stella se contentent de secouer tristement la tête.

Karl balaie leurs doutes d'un geste de la main.

— **ON EST SUPER, VOUS VOUS SOUVENEZ? ON VA Y ARRIVER.**

Il se tourne vers Vlort.

— On commence?

Vlort ricane et indique le but des enfants.

— C'est déjà fait, pauvre idiot d'humain.

SPLORT S'EST SAUVÉE AVEC UNE RONDELLE.

Debout à côté du but, elle la pousse doucement dans le filet.

— **ET DE UN,** annonce Splort. **IL N'EN MANQUE PLUS QUE CINQ.**

La gorge de Karl se serre. Ce n'était peut-être pas l'une de ses meilleures idées...

CHAPITRE 10
EN HAUT, EN BAS

Avant de te raconter comment s'est déroulée la partie, voyons d'abord ce que fabriquent la première ministre Patinage et le professeur Doubléchec.

Ils prennent littéralement des directions différentes. La PM PP a posé son hélico sur le toit du MINISTÈRE DES AFFAIRES FRIGORIFIQUES et appuie à l'instant même, pour la 15e fois, sur le bouton de l'ascenseur.

— Pourquoi est-ce que c'est si long?

Doubléchec est assis dans le poste de pilotage de son jet secret, à quelques mètres seulement de la PM. Lui aussi **S'IMPATIENTE DEVANT LA LENTEUR DE L'ASCENSEUR.** Il veut déguerpir aussi vite et aussi loin que possible.

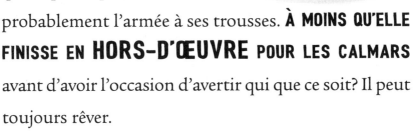

En voyant le carnage qu'il a provoqué, elle enverra probablement l'armée à ses trousses. **À MOINS QU'ELLE FINISSE EN HORS-D'ŒUVRE POUR LES CALMARS** avant d'avoir l'occasion d'avertir qui que ce soit? Il peut toujours rêver.

L'ascenseur arrive enfin. **IL EST RECOUVERT D'UNE COUCHE DE GLACE BLEUTÉE.**

La PM PP a le souffle coupé.

— Qu'est-ce qui se passe en bas?

Elle sort de la poche de sa veste ce qui ressemble à une petite lampe de poche et la dirige vers l'ascenseur.

Un rayon rouge en jaillit, frappant

les portes d'un souffle d'air chaud. Les engrenages hoquettent et crient, et la glace vole en éclats. Les portes coulissantes finissent par s'ouvrir lentement, puis la PM PP se précipite à l'intérieur.

Quant à Doubléchec, il observe la PM sur la caméra de sa montre. À la seconde où elle appuie sur le bouton PS (pour « patinoire secrète »), il lance son jet de secours. Les portes de l'ascenseur se referment, et la **PM PP COMMENCE À S'ENFONCER DE PLUS EN PLUS PROFONDÉMENT DANS LA CROÛTE TERRESTRE.**

Une autre porte s'ouvre, tandis le professeur Doubléchec s'envole en trombe dans le ciel.

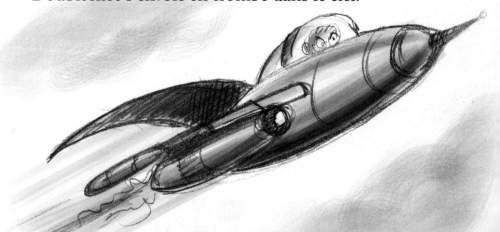

CHAPITRE 11
CALMARS, ÇA SONNE COMME...

DJ patine à reculons jusqu'à sa zone de but. Il frappe la barre horizontale avec colère. Aucun gardien n'aime accorder un but, même un « but facile compté par une crotte de nez tricheuse ».

— Pauvre humain chétif, glousse Splort en reculant à son tour.

DJ grogne et retire la rondelle du filet avec son bâton.

— **CE SERA VOTRE SEUL ET UNIQUE BUT.**

— Ha! Bonne chance si vous espérez me déjouer, ajoute Vlort en riant.

Horrifié, DJ le regarde reculer dans l'autre filet. Il a une telle corpulence qu'il bloque tout l'espace **D'UN POTEAU À L'AUTRE** et **DE LA BARRE HORIZONTALE JUSQU'À LA GLACE.**

Les coéquipiers de DJ n'ont rien remarqué. Ils fixent la glace, furieux.

— Hé, Karl! Regarde un peu ici! crie DJ.

Karl l'ignore, persuadé que DJ va simplement lui dire quelque chose de ridicule à propos de teckels nucléaires.

Karl dépose une rondelle au centre de la glace et crie :

— AU JEU!

Les bâtons de Splort et de Jenny s'entrechoquent, et la rondelle fuse à la droite de Jenny.

Benny s'en empare et file à l'aile droite, frôlant calmar après calmar. Il est complètement seul devant le filet quand il constate ce que DJ sait déjà : il n'y a

NULLE PART OÙ LANCER.

Jenny et Benny tentent de faire une feinte et de gêner les défenseurs, mais Vlort ne bouge pas.

Jenny lance la rondelle, qui ricoche sur la tête de Vlort. **MAIS IL NE BRONCHE PAS.**

— **EST-CE QU'IL DORT?**

Benny s'empare de la rondelle au rebond et la fait ricocher sur le bras de Vlort.

— **OU EST-IL MORT?**

Stella a observé la scène et réfléchit. Le moment est venu d'agir. Elle pénètre dans l'enclave et fonce droit vers Vlort. Elle avance très vite, mais elle n'a pas la rondelle.

Au lieu de se ruer sur lui, ce qui, calcule-t-elle, n'aurait pas grand effet étant donné l'écart entre leurs masses respectives, elle freine à la dernière seconde, projetant un tsunami de neige qui recouvre aussitôt la créature.

— Il a l'air d'un bonhomme de neige géant! dit Mo en riant.

— **JE VAIS TE LE FAIRE PAYER!!!!!** hurle Vlort.

Il **S'ÉLANCE** pour frapper Stella en plein sur la tête avec un de ses tentacules, **LAISSANT À DÉCOUVERT UN ESPACE** de la taille d'une rondelle juste au-dessus de sa sixième épaule.

Passe! songe Benny.

Instantanément, sa sœur lui envoie la rondelle.

D'un tir puissant, Benny touche la cible juste au moment où Splort lui assène un double-échec.

— **AÏE!**

Benny est étendu sur la glace, immobile.

— Hé, toi! Espèce de grosse brute, ne touche pas à mon frère! aboie Jenny. C'est une pénalité!

Splort fait mine de regarder frénétiquement autour d'elle sur la patinoire.

— **JE NE VOIS PAS D'ARBITRE.** Et vous, les calmars?

Ses coéquipiers secouent la tête et arborent un grand sourire.

— Argh!

Jenny se dirige vers son frère pour l'aider à se relever. Benny la rassure en pensée : *Je ne suis pas blessé. Ne t'approche pas.*

Jenny arrête de patiner. Son frère reste allongé sur la glace sans bouger.

Vlort laisse échapper un gloussement sonore.

— Tu n'avais qu'à ne pas compter dans

notre but, jeune humain.

Splort se lèche les babines.

— **EST-CE QU'ON PEUT LE MANGER, MAINTENANT?**

— NON! s'écrie Karl. **VOUS NE POURREZ NOUS MANGER QUE SI VOUS GAGNEZ!** C'est le marché qu'on a conclu.

Blort montre ses terribles dents.

— Marché, ça sonne comme manger.

Mo fait craquer ses jointures et dévisage Blort.

— Et *calmar*, ça sonne comme *cadavre*.

Blort s'écarte de Benny.

— Ne vous inquiétez pas, dit Vlort. **LA GLACE GARDERA LA VIANDE AU FRAIS POUR PLUS TARD.**

Il passe la rondelle à Splort.

— Allez! Va compter!

Splort patine à toute allure.

Ses tentacules sont **ÉTONNAMMENT RAPIDES** sur la surface glissante. Mais elle semble avoir du mal à manier son bâton. Alors qu'elle traverse la ligne bleue, la rondelle lui échappe et glisse devant elle.

Stella et Jenny se précipitent sur la rondelle **EN MÊME TEMPS.**

En un éclair, Splort tend un autre tentacule et rapporte la rondelle contre sa palette.

— **C'EST UNE RUSE!** constate Stella.

Mais il est trop tard pour s'arrêter.

Stella et Jenny **SE RENTRENT DEDANS** et glissent en travers de la patinoire, complètement empêtrées l'une dans l'autre.

Splort rit et se dirige vers la bande.

— Elle va se faufiler par le côté! prévient DJ.

— Je m'en occupe, dit Mo.

Il se prépare à mettre le calmar en échec le long de la bande, mais Splort freine si brusquement que Mo rate son coup.

Et comme si ce n'était pas assez, Karl, qui avait lui aussi décidé d'arrêter Splort, est allé se placer en plein dans la trajectoire de destruction. Mo, abasourdi,

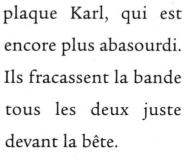

plaque Karl, qui est encore plus abasourdi. Ils fracassent la bande tous les deux juste devant la bête.

Splort reprend son chemin vers le but.

Il ne reste plus que DJ pour l'arrêter.

— Ces idiots de défenseurs, marmonne-t-il. **C'EST ENCORE LE GARDIEN QUI VA SAUVER LEUR PEAU.**

Il bouge sa mitaine si vite qu'elle craque bruyamment, puis sort de la zone de but pour couvrir l'angle de tir.

Splort fait alors la seule chose que DJ n'avait pas prévue. Au lieu d'effectuer un puissant lancer frappé, elle soulève la rondelle haut dans les airs.

Celle-ci tourne et tourne mollement.

L E N T E M E N T

DJ tente de taper dessus, mais il manque de synchronisme et la rate encore et encore. Il finit par trébucher sur ses propres jambières et tombe sur le dos.

IL REGARDE AVEC INCRÉDULITÉ
la rondelle décrire un arc au-dessus de lui et atterrir

avec un **« PLOC! »** à un mètre de la ligne de but. Elle rebondit **TROIS FOIS SUR LA GLACE,** roule et s'arrête en traçant une boucle à l'intérieur du but.

— **HAHAHAHAHAHAHA!**

Splort y va d'une petite danse.

— **DEUX À UN!**

DJ est étendu sur la glace, hébété.

— **MAIS... MAIS... COMMENT?**

Jenny et Stella se dépêtrent et patinent vers lui.

Mo et Karl nettoient leurs uniformes des restes de la bande fracassée en rejoignant le groupe stupéfait.

(Benny demeure étendu le visage contre la glace, s'efforçant de rester immobile même si Blort est en train de baver sur lui en marmonnant sans arrêt « miam miam miam ».)

— Comment c'est arrivé? demande DJ en fixant sa mitaine d'un air ébahi. **JE SUIS POURTANT SI RAPIDE!**

Mo n'en revient pas non plus.

— Moi, je l'attendais, et tout à coup...

Ils se tiennent là, sans voix, et regardent l'équipe des calmars se féliciter en se tapant dans les tentacules.

— **UNE ÉQUIPE**, finit par dire Karl dans un souffle.

— Quoi? fait Mo.

— **LES CALMARS JOUENT ENSEMBLE. ILS FORMENT UNE ÉQUIPE. PAS NOUS.**

Mo baisse la tête.

— C'est vrai. Chacun de nous a tenté de les arrêter tout seul.

Stella approuve d'un signe de tête.

— J'aurais dû laisser Jenny couvrir son côté de la patinoire et rester du mien.

Jenny ne dit rien. Elle observe les calmars avec attention.

Karl donne un coup de bâton sur la glace.

— Aucun d'entre nous n'est resté à sa place. On a poursuivi la rondelle au lieu d'anticiper le jeu.

— Et on a tous laissé le pauvre DJ seul. Navré, mon vieux, dit Mo.

DJ continue de contempler sa mitaine, incrédule.

— **OH MON DIEU. ON POURRAIT PERDRE!**

Les genoux de Karl se mettent à trembler.

Stella pose une main sur son épaule.

— Tu as tout à fait raison.

Karl se retourne vivement vers elle, pris de panique.

— Euh... merci?

— Ce que je veux dire, c'est que tu as raison d'affirmer qu'on ne joue pas en équipe... pour l'instant. Il va nous falloir du temps et de l'entraînement pour arriver à maîtriser ces superpouvoirs.

Mo hoche la tête.

— On doit **COMMUNIQUER. RÉFLÉCHIR. ÊTRE PLUS INTELLIGENTS.** Même toi, Stella.

— Être plus intelligents dans les deux zones de la patinoire, ajoute DJ.

Pendant ce temps, les calmars dansent comme des déchaînés au centre de la glace.

Jenny continue à manier la rondelle en les surveillant du coin de l'œil.

Vlort, **LE GARDIEN GÉLATINEUX,** quitte alors son but pour prendre part aux célébrations.

Jenny lance la rondelle sur la glace.

BENNY SE RELÈVE À TOUTE VITESSE. Il intercepte la rondelle dans les airs juste avant qu'elle ne passe à côté du but.

— Euh... les calmars? dit Jenny en désignant la patinoire.

Les calmars se retournent juste à temps pour voir Benny pousser tranquillement la rondelle dans le but.

— **DEUX À DEUX,** annonce-t-il.

Leur danse fait place à des cris de fureur. Splort frappe Blort avec un bâton.

— **C'ÉTAIT TON HOMME!**

— A MANGER, PAS À SURVEILLER!

Blort esquive un deuxième coup.

— Ce n'est pas moi qui ai quitté mon but! beugle-t-il.

— Bien sûr, c'est toujours la faute du gardien, marmonne Vlort.

Il retourne à son but en se traînant les tentacules et en retire la rondelle avec son bâton. Puis il reprend sa place devant le filet.

Sauf que, remarque Stella, quelque chose a changé.

— Comme c'est bizarre, dit-elle. J'estime... hésite-t-elle, 99,9999999999999 pour cent? Mmmm.

— Hein? demande DJ. 999 quoi?

— Mmmm, se contente de répéter Stella.

Avant qu'ils puissent ajouter autre chose, Blort s'amène en quatrième vitesse, la rondelle bien protégée derrière un mur de tentacules qui battent l'air.

— RAPPELEZ-VOUS! s'écrie Karl. **TRAVAIL D'ÉQUIPE!**

Stella sait qu'elle est plus rapide que les calmars, mais ça ne lui servira à rien si elle n'est pas à sa place. Elle doit se montrer plus astucieuse. Elle s'arrête et réfléchit. Blort patine le long de la bande. C'est le territoire de Mo. Mais Blort l'a déjà esquivé une fois. Stella veut s'assurer que ça ne se reproduira pas.

— Mo, lance-t-elle. Je couvre le milieu.

Il lui fait un clin d'œil et bloque le passage à Blort.

Le calmar l'évite en bifurquant vers le centre de la glace, **DROIT VERS STELLA,** qui essaie de s'emparer de la rondelle.

Blort tente de lui échapper et se retrouve du même coup devant Mo.

Celui-ci ricane lorsque le calmar rebondit contre lui avant d'être projeté en arrière, **AGITANT VAINEMENT SES TENTACULES** dans les airs.

— TRAVAIL D'ÉQUIPE! rappelle Mo.

Il s'empare de la rondelle libre avec son bâton et la pousse aussitôt vers Benny, qui patine à toute allure vers la zone des calmars. Splort surgit de nulle part et s'élance vers lui au moment même où il reçoit la passe.

— **JE TE TIENS!** dit Splort.

— Je ne crois pas.

Benny fait glisser la rondelle sur sa palette et bondit dans les airs.

— Quoi? s'écrie Splort, surprise.

ELLE AGITE SES TENTACULES ET L'ATTRAPE PAR LE BOUT DU PIED.

— Passe! dit Jenny.

Alors qu'il est tiré en arrière brusquement, Benny envoie la rondelle au loin. Elle atterrit en plein sur la palette de Jenny. **D'UN SEUL MOUVEMENT, ELLE**

TIRE AU BUT. La rondelle heurte Vlort et vole dans les airs. Il la rattrape avec sa mitaine.

— Raté! dit Vlort en riant.

Benny et Jenny sont mécontents.

Stella contourne le filet tout en comptant sur ses doigts.

— Mmmm, fait-elle de nouveau. 97,9999999999999 pour cent.

Benny n'a aucune idée de ce qu'elle raconte. Un cri perçant attire son attention au centre de la glace.

— **HÉ, CROTTE DE NEZ! POSE NOTRE CAPITAINE!**

— Qui ça, moi?

Klort se désigne lui-même du bout de son tentacule. Il a soulevé Karl bien haut **AVEC L'INTENTION DE S'OFFRIR UNE COLLATION** pendant que tout le monde regardait ailleurs.

Il pose Karl avec un sourire penaud.

— Oups.

Karl essuie son uniforme de quelques coups de gant.

— **JE CROIS QUE LA SUPERFORCE N'EST PAS MON POUVOIR NON PLUS.** J'ai frappé ce balourd deux fois sur le museau et il a à peine bronché.

L'estomac de Klort gargouille bruyamment. Il s'éloigne, l'air contrarié.

Stella a le regard rivé sur Vlort.

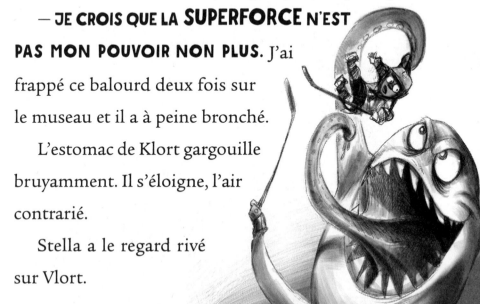

— **TEMPS MORT,** annonce-t-elle.

— Trente secondes, crie le calmar. Et pas de tricherie.

— Vous non plus! rétorque Karl.

— Bien sûr que non! ajoute le gardien gélatineux avec un grand sourire.

Karl ne voit pas Vlort croiser ses tentacules derrière son dos, preuve qu'il **N'EST PAS NON PLUS DOTÉ D'UNE VISION À RAYONS X.**

CHAPITRE 12
TEMPS MORT?
OU ARRÊT DE MORT?

Les **SUPER SIX** se rassemblent près du banc des joueurs. Karl fait circuler des bouteilles d'eau.

— Comment peut-on gagner si on n'arrive pas à marquer? demandent Benny et Jenny.

Stella lance un regard vers Vlort.

— Patience. Si on continue **À BIEN JOUER EN DÉFENSE,** on peut les contenir jusqu'à... Mmmm... dit-elle d'une voix traînante.

— Jusqu'à quand? demande Mo.

— Et pourquoi est-ce que tu dis tout le temps
« MMMM »? ajoute DJ.

— J'ai une théorie. Mais tant qu'il n'y aura pas de
preuve concluante, ce serait imprudent de l'évoquer à
haute voix.

— Imprudent? Vraiment? dit Karl en levant les bras,
exaspéré.

— Oui, répond Stella. **IL POURRAIT Y AVOIR
D'AUTRES PERSONNES QUI NOUS ÉCOUTENT.**

DJ hoche la tête.

— Comme des papillons toxiques invisibles.

KARL SE FRAPPE LE FRONT DE LA MAIN.

— Ça n'existe pas, des pa...

DJ s'asperge le visage d'eau et désigne les calmars
avec la bouteille.

— TU NE ME CROYAIS PAS NON PLUS À PROPOS DES CALMARS. ET REGARDE...

Karl jette un coup d'œil.

— Hé, où est passé le cinquième?

BING!

DJ ferme les yeux.

— Oh, oh. Ça sonnait comme un lancer frappé,

avant de tomber dans le filet. Au quatrième rang des pires sons qu'un gardien puisse entendre.

Il a vu... ou plutôt, entendu juste.

— **TROISIÈME BUT DES CALMARS!** glousse Splort en dansant autour du filet des humains.

— C'était bien moins que 30 secondes! s'exclame Karl.

— Prouve-le! dit Vlort en riant.

Les enfants regardent désespérément autour d'eux, le tableau indicateur au-dessus d'eux est complètement gelé, **EMPRISONNÉ DANS LA GLACE BLEUE RAYONNANTE.**

Les calmars hurlent de rire et retournent à leurs places.

— Peut-être que tu aurais dû être **PLUS PRÉCIS À PROPOS DES RÈGLES** de cette partie, dit Mo en donnant un petit coup de poing amical sur l'épaule de Karl.

— Aïe! gémit Karl en se frottant le bras.

— Désolé. Je vois que ton pouvoir n'est pas non plus d'être résistant à la douleur, constate Mo.

— Ces calmars sont pernicieux, déclare Stella. Mais de moins en moins à chaque seconde qui passe.

Elle arbore un grand sourire.

DJ hoche la tête, même s'il n'est pas certain de savoir exactement ce que « pernicieux » veut dire.

— On reprend le jeu! annonce Vlort. À moins que vous n'abandonniez?

Il fait claquer ses dents d'un air menaçant.

— Je vous en prie, abandonnez. **MON ESTOMAC CRIE FAMINE.**

— **PAS QUESTION,** aboie Mo.

Il se tourne vers Stella et murmure :

— Tu es certaine qu'on peut gagner?

L'estomac de Vlort gargouille si fort que le bruit

résonne tout autour de la patinoire.

Stella acquiesce.

— Patience et défense.

— **ON REPREND LE JEU!** lance Karl.

Mo aimerait bien avoir plus d'explications, mais les calmars ne relâchent pas la pression. Benny et Jenny tentent à nouveau de déjouer Vlort, et les calmars s'emparent de l'inévitable retour.

Splort et Blort s'échangent la rondelle rapidement, puis Splort effectue un tir qui touche le poteau.

— Tu as eu de la chance, l'humain! s'écrie Splort.

DJ couvre la rondelle et secoue la tête.

— Le poteau fait partie de l'équipement.

Il fait glisser le disque jusqu'à Mo, qui fait une passe parfaite à Jenny. Elle file sur la glace en compagnie de Benny.

Vlort frappe ses poteaux avec son bâton et grogne.

Il y a **UNE PETITE OUVERTURE QUI LAISSE PASSER**

LA LUMIÈRE au-dessus de son épaule gauche. **PRESQUE ASSEZ GRANDE POUR Y FAIRE ENTRER UNE RONDELLE. PRESQUE.**

Benny effectue un tir qui dévie dans le coin. Sa sœur récupère le retour et évite une mise en échec de Splort.

Voyons si nous pouvons amener cette bête à se déplacer juste encore un peu, se dit Jenny. Elle passe la rondelle à Benny, qui lève son bâton et fait mine de lancer, **MAIS LAISSE PLUTÔT LE DISQUE GLISSER PLUS LOIN.**

Celui-ci se dirige tout droit vers Stella, qui reçoit la passe, **MAIS NE TIRE PAS.**

CHAPITRE 13
PATIENCE!

Benny et Jenny rejoignent Stella.

— Pourquoi tu n'as pas lancé? Il a bougé!

— Vlort a bougé, c'est vrai, mais les dimensions de l'espace disponible étaient toujours insuffisantes, explique Stella. J'ai une idée.

Elle s'échappe avec la rondelle et **COMMENCE À FAIRE LE TOUR DU FILET.** Splort tente de la rattraper, mais Stella conserve une légère avance. Ils continuent encore et encore à tourner.

Stella jette un regard par-dessus son épaule.

— **93,99999999 POUR CENT,** dit-elle. **C'EST BON.**

Blort finit par comprendre que, s'il patine dans le sens contraire de Splort, Stella sera coincée. Mais juste avant d'être prise au piège, elle pousse la rondelle le long de la bande jusqu'à l'autre bout de la patinoire, où Mo attend la passe.

— **CONTINUEZ À PASSER LA RONDELLE ET À PATINER!** crie-t-elle au moment où les deux calmars se heurtent, les projetant tous les trois dans les airs.

Mo part en flèche.

— Je m'en occupe!

Klort poursuit Mo, qui remet la rondelle à Benny. Jenny et lui tournent en rond, s'échangeant la rondelle dès qu'un calmar s'approche.

Blort est si étourdi qu'il perd l'équilibre. En tombant sur la glace, il déploie un tentacule et fait trébucher Jenny. Elle se met à tournoyer et perd la maîtrise de la rondelle, qui glisse vers Karl.

Karl est maintenant convaincu qu'il n'est pas aussi fort, aussi rapide ni aussi super que ses amis. À vrai dire, il est épuisé. Pourtant, il est toujours déterminé à manier la rondelle tout en contournant les calmars qui s'agitent. Il patine autour des cercles de mise au jeu, comme à l'entraînement, et se tient tout juste hors de portée de Vlort.

Le calmar frappe la glace d'un de ses tentacules.

— **CE N'EST PAS DU HOCKEY, ÇA. C'EST DU BALLON SINGE!**

— Et ça te rend dingue? demande Karl en riant.

Il s'arrête pour faire une grimace à Vlort. **UNE AUTRE DE SES MAUVAISES IDÉES.**

Klort tire avantage de cette distraction momentanée et enlève la rondelle à Karl. En un clin d'œil, Klort fait une passe à Splort. Blort bondit devant DJ à l'instant même où Splort effectue un lancer frappé au ras de la glace.

Mo tente de bousculer Blort pour qu'il s'ôte de là, mais il est trop tard. Les meilleurs réflexes ne peuvent pas rivaliser avec un joueur qui fait écran, et la rondelle glisse entre les jambières de DJ, puis dans le filet.

DJ POUSSE UN AFFREUX GROGNEMENT.

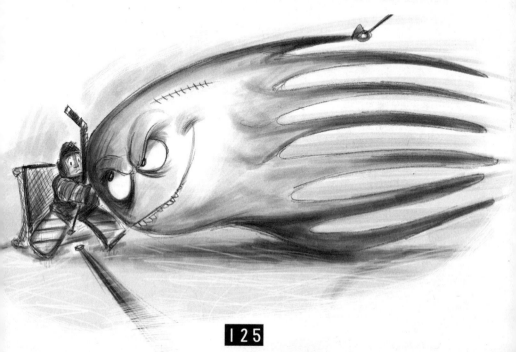

— ENCORE DEUX BUTS ET TU SERAS MON SOUPER!

hurle Blort.

DJ ramasse la rondelle et crache dessus.

Mo a l'air déçu de lui-même.

Karl s'effondre près du banc, anéanti. Pour une raison quelconque, il semble être le seul de l'équipe à ne pas avoir de superpouvoir, et ça leur coûtera peut-être tous la vie.

— JE NE FAIS PAS PARTIE DE CETTE ÉQUIPE. JE SUIS NUL.

Stella le rejoint.

— Je réfute cette affirmation.

— En te basant sur quelles données empiriques?

— La définition d'une **ÉQUIPE** : GROUPE de joueurs aux **MULTIPLES TALENTS** et DONS qui

TRAVAILLENT ENSEMBLE pour atteindre un OBJECTIF COMMUN.

— On n'arrive pas à compter! J'ai cédé cette rondelle beaucoup trop facilement. Et là, ils vont nous dévorer.

— Patience, dit Stella. **CE NE SERA PLUS TRÈS LONG MAINTENANT.**

Les quatre autres joueurs s'approchent. DJ s'assure qu'il a la rondelle dans sa mitaine.

— Tant que je serai devant le filet, aucun calmar ne me refera le coup de la vue obstruée.

— Je crois que le temps est venu de vous expliquer mon hypothèse, dit Stella à voix basse. Regardez Vlort.

Ses amis se retournent. Le calmar reprend sa place devant le filet, mais il semble **INCAPABLE DE COMBLER TOUT L'ESPACE** comme avant.

Stella sourit.

— Voilà ce que j'attendais. **NOUS SOMMES EN TRAIN DE LES AVOIR À L'USURE, LITTÉRALEMENT.**

—**OUAH!** lâche Mo. **ILS RAPETISSENT?**

Stella hoche la tête.

—Je crois que leur intégrité structurelle est compromise, incapable de rester stable sous la contrainte de la liaison d'énergie quantique entre...

—Hein?

—Plus ils patinent, plus ils rapetissent.

Stella montre Blort du doigt.

— On voit très clairement que sa circonférence a diminué de trois centimètres au cours des dernières minutes seulement.

L'estomac de Glort gargouille, et il rapetisse encore un peu plus.

— **LE MANQUE DE NOURRITURE, DE TOUTE ÉVIDENCE, ACCÉLÈRE LE PROCESSUS.**

Karl a une boule dans la gorge.

— Tu crois qu'ils le savent? Après tout... **NOUS DEVIENDRONS LEUR NOURRITURE, EN CAS DE DÉFAITE.**

Stella hausse les épaules.

— Continuez à patiner. Mais juste un peu plus vite.

Blort surgit soudain de nulle part et fonce sur DJ, qui est projeté dans les airs. La rondelle sort alors par le trou qu'a laissé la brûlure dans sa mitaine.

Blort s'en empare et s'échappe.

— **ON REPREND LE JEU!** glousse-t-il.

— **LE FILET EST DÉSERT!** s'écrient Jenny et Benny.

Ils patinent à toutes jambes pour rattraper Blort, mais il est parti avec une longueur d'avance. Même en quatrième vitesse, ils n'ont aucune chance d'arriver à temps.

Blort lève son bâton, prêt à décocher son tir.

C'est alors que Mo a une excellente idée.

Il saisit DJ et **LE LANCE VERS LE FILET.**

Blort s'élance. La rondelle fend l'air comme un missile. DJ aussi.

Il atterrit à l'intérieur de la zone de but dans un craquement de glace. Mais son impulsion est si forte qu'il est entraîné loin du but.

LA RONDELLE SE DIRIGE VERS LE FILET DÉSERT.

DJ se contorsionne pour se maintenir en position. La force est telle qu'il en perd presque son masque.

Puis un claquement sonore déchire l'air au moment où DJ tend sa mitaine.

A-t-il attrapé la rondelle juste avant qu'elle franchisse la ligne?

Ou est-elle de nouveau passée dans le trou laissé par la brûlure?

Les **SUPER SIX** sont-ils à un but de finir dans une assiette?

DJ tombe, et son élan l'emporte loin du but. Il finit par s'arrêter lorsque ses patins donnent violemment contre la bande.

— La rondelle n'est pas dans le filet? s'écrie Vlort.

DJ lève sa mitaine et montre le disque.

— Bel effort, crotte de nez!

— WOUHOU, DJ! s'exclament Stella et les autres.

— **AARGH!**

Blort agite ses tentacules et tremble. **ET...**

IL RAPETISSE, ASSEZ POUR QUE TOUT LE MONDE S'EN APERÇOIVE. TOUT LE MONDE. Pas seulement les **SUPER SIX.**

— Qu'est-ce qui se passe? s'écrie Blort. Vlort? **ATTENTION!**

Benny et Jenny regardent Vlort, et constatent que l'espace au-dessus de son épaule est maintenant plus grand qu'une rondelle. En fait, il y a des espaces vides partout autour de lui.

— Vite, DJ! dit Jenny.

Benny lui passe la rondelle.

Trois passes rapides plus tard, ils comptent leur troisième but. Le tir de Jenny est si puissant que le tissu à mailles se déchire sur la mitaine de Vlort.

— **QUATRE À TROIS,** annonce Karl. **ON REMONTE LA PENTE!**

— Dépêchez-vous, on fait la mise

au jeu! dit Mo.

Oui, les choses vont de mieux en mieux.

Et puis, subitement, **LA SITUATION SE GÂTE SÉRIEUSEMENT.**

Les estomacs des calmars gargouillent tous en même temps. Les calmars se mettent à rapetisser, et soudain, ils en ont assez et veulent être nourris.

Blort met deux de ses tentacules en porte-voix :

— BZZZZZZZZZZZZZ! fait-il.

Splort porte un tentacule à son oreille.

— On dirait bien que c'est le signal qui annonce la fin de la partie!

— **LE MATCH EST TERMINÉ!** s'écrie Vlort. **ON A PLUS DE BUTS, DONC ON GAGNE!**

Les calmars jettent leurs bâtons et leurs gants, puis se précipitent vers leur souper en montrant les crocs.

CHAPITRE 14
REPOS ET RELAXATION

Bon, **AVANT QUE LE SOUPER SOIT SERVI,** allons voir un peu où en est **Clarence Doubléchec.**

Son avion se dirige droit vers le flanc d'une montagne, dans un endroit secret.

Est-ce la fin pour le superméchant?

Pourquoi n'a-t-il pas l'air inquiet?

ATTENTION!!!

— Ha! Regardez bien alors que j'appuie sur un autre bouton de cette montre!

Le bouton active une porte dans le flanc de la montagne.

Doubléchec s'engouffre à l'intérieur et pose l'avion sur une longue piste en pierre lisse.

Il presse le bouton encore une fois et, derrière lui, la paroi de la montagne se referme en coulissant.

Doubléchec ouvre la porte du poste de pilotage et promène son regard autour de lui. La pièce est aussi noire qu'une nuit sans lune.

— **Rond?**

Sa voix résonne dans la pièce.

— **ROND? ROND ELLE?**

Un doux glissement se fait entendre quelque part près du mur du fond.

Doubléchec prend une grande inspiration.

— **ROOOOOONNNND ELLLLLLLLLE!!!!!**

— J'arrive, Votre Génie, dit une toute petite voix dans l'obscurité.

Les lumières s'allument, inondant le hangar d'une lueur rouge terne.

— C'est trop brillant! gémit Doubléchec en se couvrant les yeux.

Une **RONDELLE DE HOCKEY DE TAILLE HUMAINE ROULE** jusqu'à l'avion. Elle s'arrête. Des jambes et des bras surgissent en dessous et de chaque côté d'elle. Un œil et une bouche apparaissent sur la surface plate du devant.

— Je vais baisser les lumières, Votre Génie.

Rond fait tournoyer son bras dans les airs, et les lumières faiblissent.

— Sérieusement, tu es le robot le plus inutile que

j'aie jamais volé, dit Doubléchec en clignant des yeux pour s'habituer à la pénombre.

— Je suis désolé, Votre Génie. Est-ce que tout s'est bien passé?

Doubléchec inspire profondément et parle lentement.

— Le monde est-il couvert de glace, Rond?

— Euh... non?

Rond a fait des biscuits toute la journée. Il ne s'attendait pas à voir rentrer Doubléchec et n'a pas écouté les infos.

Doubléchec lance ses bottes et rate Rond de peu.

— **Non!** Il n'est absolument pas gelé. Ce qui veut donc dire...?

— Euh... que votre plan de génie n'a pas réussi?

Le robot s'éloigne petit à petit de l'avion alors que

Doubléchec en descend et saute sur le plancher.

DOUBLÉCHEC LANCE SES CHAUSSETTES.

— Oui. Enfin, non. Il a échoué! Mais ce n'était pas ma faute.

— Bien sûr que non, Votre Génie.

Rond ouvre un compartiment dans son côté et en sort une paire de pantoufles. Il les dépose par terre et recule en saluant de façon théâtrale.

Doubléchec met les pantoufles en soupirant. Il fixe son propre visage renfrogné dans un reflet au sol.

— **Sans ces ENFANTS QUI FOURRENT leur nez partout...**

— Des enfants? demande Rond.

Il tient maintenant un peignoir arborant la photo de Doubléchec au niveau de la poitrine.

— **Laisse tomber.**

Doubléchec agite les mains dans les airs.

— Ils sont devenus de la **nourriture pour les**

calmars des glaces à l'heure qu'il est. Mais leur courte existence sur cette planète m'a forcé à revoir mes plans et mes objectifs.

Doubléchec semble perdu dans ses pensées. Rond piétine nerveusement. On ne sait jamais à quoi peut penser Clarence Doubléchec quand il réfléchit, mais il s'agit habituellement de **QUELQUE CHOSE DE DIABOLIQUE.**

Doubléchec lisse son peignoir de la main et sourit à son propre visage, qui lui rend son sourire.

— Rond?

— Oui?

— J'ai besoin que l'avion soit prêt pour une courte visite. **Je mijote D'EXCELLENTES IDÉES là-dedans,** dit-il en se tapotant la tête. **Mais cela nécessitera de NOUVEAUX spécimens.**

Il prononce ce dernier mot en sifflant comme le ferait un serpent venimeux, s'il pouvait parler. C'est d'ailleurs un projet que caresse Doubléchec.

ROND TREMBLE LÉGÈREMENT.

— Est-ce que cela signifie que vous irez visiter le…

La gorge de Rond se serre.

— … le zoo? termine-t-il en grimaçant.

UN SOURIRE DÉMONIAQUE DÉFORME LE VISAGE DE DOUBLÉCHEC.

— Oh oui, c'est tout à fait ça. Je sais à quel point tu aimes les animaux. **Surtout les MIGNONS PETITS lapins.**

La bouche de Rond tremblote.

Doubléchec s'éloigne en ricanant.

— Ce sera une merveilleuse visite. Demain. Après une soirée de relaxation et de réflexion.

— Demain, alors, dit Rond avec un petit rire nerveux.

Au moins, ils ne vont pas tout de suite au zoo. Le zoo. Rond repousse les horribles images de ses circuits de mémoire.

— Repos et relaxation, répète Doubléchec au moment où s'ouvre une porte coulissante dissimulée dans le roc.

— **OUI, VOTRE GÉNIE.**

Rond commence à ramasser les vêtements que Doubléchec a lancés.

— Je vais tout de suite vous faire couler un bain froid, dit-il.

— Bien. **Plus il sera froid, mieux ce sera.** J'ai besoin de réfléchir.

Doubléchec s'éloigne d'un pas nonchalant vers les profondeurs de son repaire secret.

Rond regarde les portes se refermer et pousse un long et profond soupir. Ç'aurait pu être pire. Doubléchec n'a pas menacé de le démonter. Ils iront au zoo (Rond frémit de nouveau), mais pas tout de suite. Un bain froid? C'est la chose la moins exigeante que Doubléchec pouvait demander. Peut-être que Rond pourra même retourner faire des biscuits et en profiter pour méditer un peu.

Les portes s'ouvrent à nouveau. La voix de Doubléchec retentit dans l'ouverture.

— Et assure-toi de mettre **beaucoup de bulles.**

Les portes se referment.

— Pfff, fait Rond.

Les portes s'ouvrent encore.

— Et je voudrais que tu me lises la plus récente ébauche de mon manifeste pendant que je me détends dans la baignoire.

Les portes se referment.

Rond gémit. Le manifeste, version 83, compte **PLUS DE 1 000 PAGES** de balivernes et de sottises décousues. Il remportera probablement de nombreux prix littéraires, si jamais il est publié.

MAIS COMMENT ROND S'EST-IL RETROUVÉ AVEC UNE VIE PAREILLE?

Non, se dit-il. *Ce n'est pas le moment de t'apitoyer sur ton sort. Rappelle-toi d'où tu viens.*

N'est-il pas mieux ici qu'au Musée des habiletés du hockey, où il a été créé? Il se remémore cette époque.

« ROND ELLE. LA RONDELLE DE HOCKEY VIVANTE! AVEC QUELLE PUISSANCE POUVEZ-VOUS LA LANCER? »

La voix enfouie dans la mémoire de Rond provenait d'un gros mégaphone.

Les sourires des enfants le rendaient joyeux. Il était programmé pour leur dire à quelle vitesse ils frappaient, et pour les encourager à l'aide de formules simples.

BEAU LANCER!
TU AS LA FORME!
BRAVO!

Rond aimait bien entendre leurs rires quand ils utilisaient des bâtons de hockey en mousse pour tenter de l'expédier dans un filet souple.

Mais quand les grosses brutes voulaient « épater la galerie » en le frappant de toutes leurs forces contre les murs de béton, il n'appréciait pas du tout.

Inconsciemment, Rond se frotte le derrière.

Il a encore des cicatrices là où Doubléchec a réparé de nombreux éclats et fissures.

Rond avait décidé de modifier ses « compliments » chaque fois qu'une brute se présentait.

Les brutes ont porté plainte aux membres de la direction.

« Dysfonctionnement », ont conclu ceux-ci.

— Au placard!

C'est ce qu'a décidé le personnel du musée. Il a donc été **ENFERMÉ DANS UN PLACARD PENDANT DES ANNÉES.** La mine de Rond s'assombrit lorsqu'il pense à ce souvenir.

Doubléchec est venu le voler au milieu de la nuit, **PROMETTANT DE LE TRANSFORMER EN SUPER ROBOT.**

Il l'a rendu plus gros, plus fort, plus intelligent, et l'a doté de bras et de jambes.

EST-CE QU'IL PRÉFÈRE SA VIE D'AUJOURD'HUI?

Certains jours, Rond ne sait plus trop.

Les portes s'ouvrent encore une fois.

— En plus du bain et du manifeste...

Doubléchec marque une pause pour créer de l'effet.

— **... tu me couperas les ongles d'orteils.**

Rond se laisse tomber à plat ventre sur le plancher lorsque les portes se referment. Aujourd'hui, il retournerait volontiers dans le placard.

CHAPITRE 15
LE SOUPER EST SERVI?

Les calmars se précipitent vers les six enfants, **LES CROCS DÉCOUVERTS ET L'EAU À LA BOUCHE.**

— Commençons par le plus faible! crie Splort tandis que ses longues dents dégoulinent de salive.

— Le plus faible? répète Karl avec un serrement de gorge.

— Ne t'inquiète pas, Karl, dit Mo. On va te protéger.

Les autres forment un **CERCLE PROTECTEUR** autour de Karl.

— Pour l'attraper, vous devrez d'abord nous affronter, dit Mo.

— **TRÈS BIEN!** rétorque Blort. Venez, mes petits. Finalement, c'est un **BUFFET!** Allons nous régaler.

Les calmars ralentissent et avancent, pas à pas, de plus en plus près. Leurs estomacs gargouillent de plus en plus fort.

Les enfants continuent à reculer, et leur cercle se resserre. Mais Karl demeure derrière eux.

Bientôt, il n'y a plus qu'une longueur de bâton entre le dos de Karl et la bande de la patinoire. Ils sont pris au piège, encerclés.

Les calmars rapetissent à vue d'œil. N'empêche qu'ils sont toujours énormes. Leurs dents qui claquent et leur haleine de calmar sont à quelques centimètres à peine des enfants.

Karl tapote l'épaule de Mo.

— Peux-tu faire un trou dans la bande derrière nous?

Mo hoche la tête.

— Au besoin, oui. Mais ça ne fera peut-être que retarder l'inévitable.

Blort pousse un grognement et bondit en avant. Jenny lui coince son bâton dans la bouche. **IL MORD AVEC FORCE ET LE BRISE COMME SI C'ÉTAIT UNE BRINDILLE,** tout sourire alors qu'il mâche.

— Un amuse-gueule, dit-il. Maintenant, le plat principal!

Karl prend une grande inspiration. Il doit faire quelque chose.

— **ARRÊTEZ!** hurle-t-il en se frayant un passage entre ses coéquipiers.

Il se tourne vers eux.

— Mes amis, je n'ai aucun superpouvoir. Laissez-les me manger. Peut-être que ça vous fera gagner du temps. **COUREZ. SAUVEZ VOTRE PEAU.**

S'il s'attend à des « merci » émus ou à des bruits de patins qui s'éloignent, il sera très déçu. Tout le monde le dévisage.

— Bon, cette fois, il s'agit bel et bien d'une de tes mauvaises idées, déclare DJ.

— Ouais, approuvent Benny et Jenny. **ES-TU COMPLÈTEMENT CINGLÉ?**

— **NOUS SOMMES UNE ÉQUIPE,** dit Stella.

Mo fait craquer ses jointures.

— Une équipe.

— Une équipe, répètent les autres.

Karl a une boule dans la gorge.

— Beau discours, dit Vlort. **MAINTENANT, LES CALMARS, MANGEONS!**

Puis, sans même y avoir réfléchi, Karl et ses amis se donnent la main. Ils forment à nouveau une chaîne humaine. Et ils se préparent à encaisser l'impact.

Les calmars s'élancent vers eux.

ZAP!

Un éclair bleu vif déchire l'air.

Les calmars frétillent et se tortillent tandis que la lumière bleue les traverse et circule autour d'eux.

ET UN AUTRE ZAP!

Les **SUPER SIX** se protègent les yeux lorsque la lumière devient si brillante que c'en est insupportable. Puis, aussi soudainement qu'elle est apparue, la lumière se dissipe avec un bourdonnement électronique.

Tous les six baissent les bras. Leurs yeux s'habituent peu à peu à la noirceur soudaine de la patinoire.

— **LES CALMARS ONT DISPARU!** s'exclame Karl.

Stella secoue la tête.

— Ils n'ont pas disparu... Ils sont minuscules, et ils continuent de rapetisser.

Stella se penche et caresse Vlort sur la tête. Au lieu de lui mordre les doigts, le calmar des glaces ronronne comme un chaton.

— **ILS SONT SI MIGNONS!** dit-elle.

— Je suis vraiment désolé d'avoir failli vous manger, dit Vlort d'une voix à peine audible.

— Je suis tellement mal à l'aise, ajoute Splort.

— Je crois que ça ne nous réussit pas d'être gros, souligne Blort en se blottissant contre le patin de Mo.

— Ce n'est pas grave, dit Karl.

— En fait, c'était plutôt amusant de jouer contre vous, reconnaît Mo.

— Eh bien, si jamais nous pouvons faire quelque chose pour vous, dit Klort d'une voix de plus en plus faible, **VOUS N'AUREZ QU'À NOUS APPELER.**

Puis **LES CALMARS DISPARAISSENT DANS LA GLACE.**

Mo se redresse.

— Qu'est-ce qui s'est passé?

Stella se tapote la lèvre.

— Ça ne concorde pas avec le taux de réduction observé. Il a dû y avoir un autre **ÉLÉMENT EXTERNE.**

— **C'EST MOI QUI SUIS ARRIVÉE,** dit une voix sous les combles.

Ils lèvent tous les six les yeux et **APERÇOIVENT...**

CHAPITRE 16
CAPITAINE KARL

Karl saute par-dessus la bande et remonte l'allée en courant.

— Maman!

Eh oui, la PM Patinage est là. Elle porte un **GROS PISTOLET À RAYONS EN BANDOULIÈRE.** Une volute de fumée s'échappe paresseusement du canon.

— Qu'est-ce que c'est que ça? demande Karl en tapotant l'arme.

— Cet accessoire s'appelle le **FORMATRON 2 000.** Je crois que c'est lui qui a rendu les calmars si gros.

Donc, je leur ai tiré dessus à nouveau.

— Alors pourquoi n'ont-ils pas grossi encore plus?

Pauline retourne le pistolet, laissant voir un petit levier dans le bas.

— Il est doté d'un sélecteur d' **INVERSION.**

Karl serre sa mère dans ses bras. Mais le sourire de celle-ci fait place à un regard désapprobateur. Elle montre la clé que Karl a prise dans son coffre-fort.

— Hum, hum! Tu as laissé ça dans la serrure.

— Oups!

Karl a les joues rouges.

— Mais tout est bien qui finit bien, non?

— Mmmm, fait la PM PP.

Stella a un drôle d'air.

— Hé, première ministre Patinage?

— Oui?

— J'ai une question. J'ai effectué un calcul rapide pour savoir combien de temps il faudrait pour trouver cette arme, en déterminer l'usage, imaginer un plan pour l'utiliser, puis tirer. Vous êtes ici depuis un bout de temps, n'est-ce pas?

La PM Patinage fait claquer sa langue.

— Oui, Stella. C'est exact.

Karl paraît stupéfait.

— Attends. Pourquoi tu n'es pas intervenue plus tôt?

ON AURAIT PU SE FAIRE DÉVORER!

— Vous sembliez faire bonne figure contre les calmars des glaces. J'ai donc regardé la partie. C'est un bel arrêt que tu as effectué à la fin, DJ.

— Merci.

DJ rougit même un peu.

— La plupart du temps, les gens ne soulignent que les mauvais coups des gardiens de but.

— Vous avez tous été formidables, vraiment.

— Même moi? demande Karl.

Pauline hésite.

— Peut-être que ce n'est pas visible que tu es super, mon fils...

— Eh bien! Merci, dit Karl d'un ton amer.

— Mais tu as toujours été super à mes yeux. Et Stella a raison quand elle affirme qu'une ÉQUIPE EST FORMEÉ DE TOUTES SORTES DE PERSONNES. De plus, et je crois que les autres seront d'accord, chaque équipe a besoin de quelqu'un qui est le **CIMENT** qui relie tous les membres entre eux.

Karl regarde ses amis. Ils hochent tous la tête.

— Capitaine Karl, déclarent Benny et Jenny. N'est-ce pas, les amis?

— Sans toi, on ne serait pas là et on ne formerait pas une équipe, ajoutent Mo et Stella.

Pauline sourit.

— Donc, superpouvoir ou pas, tu occupes tout de même une immense place au sein des **SUPER SIX**.

— C'est vrai, renchérit DJ. En plus, les super cinq, ça sonne bizarre.

— Et toi, tu sais reconnaître ce qui est **BIZARRE,** dit Karl.

— C'est vrai aussi, approuve DJ en faisant un poing-à-poing avec Karl.

Pauline continue :

— Comme je le disais, je vous ai tous observés très attentivement, et il est évident que **QUELQUE CHOSE VOUS A TRANSFORMÉS.** Et je ne parle pas que de Mo, qui est maintenant plus gros qu'un camion de déménagement!

Mo sourit.

— **QUAND LES CHOSES SE SONT GÂTÉES,**
je suis intervenue. Et...

Elle s'interrompt pendant un moment, **RÉFLÉCHISSANT À LA FAÇON DE LEUR FAIRE PART DES CONSÉQUENCES DE CE QU'ELLE A VU.**

— ... j'ai aussi découvert, en vous regardant, ce qui vous est tous arrivé.

— Vous vous êtes servie de ce que vous aviez sous les yeux pour remonter jusqu'au lien de causalité, dit Stella.

— Précisément.

La PM Patinage inspire profondément.

— **VOUS ÊTES LES VICTIMES D'UN AFFREUX COMPLOT,** et je suis sincèrement désolée de ce qui vous est arrivé.

— Désolée? répète Mo en contractant ses biceps. Pourquoi?

— Nous, ça ne nous ennuie pas du tout! affirment Benny et Jenny exactement au même moment.

— C'est un peu sinistre, fait remarquer la PM Patinage.

— Je suis d'accord avec mes coéquipiers. La tournure des événements ne nous a pas pénalisés, au contraire.

— Euh... moi aussi, déclare DJ. Je crois...

— Mais de quel « complot » parlez-vous exactement? demande Stella.

— Ce que je m'apprête à vous dire est **ULTRA-SECRET.** Vous devez promettre de ne jamais répéter un mot de ce que je vais vous confier. D'accord?

Les **SIX** se consultent du regard.

— D'accord, répondent-ils.

(**NOTE** : Souviens-toi, si tu n'as pas pris l'engagement solennel au début de ce livre, tu ne devrais **VRAIMENT, VRAIMENT** pas tourner la page.)

CHAPITRE 17
HYPOTHÈSE CONFIRMÉE

La PM Patinage retire à nouveau la lampe de poche de sa veste et appuie sur un bouton. Cette fois, au lieu d'un rayon chauffant, c'est une vision fantomatique qui flotte devant eux.

— Voici **Clarence Doubléchec.** L'avez-vous déjà vu?

Les **SIX** secouent la tête.

— C'est bien ce que je pensais. Cependant, je peux vous dire que c'est grâce à lui que vous avez acquis de nouvelles habiletés.

— Comment ça?

— Je ne suis pas seulement la dirigeante de ce beau pays. Je suis aussi à la tête d'une société secrète :

LE CONSEIL ULTRASECRET EN MATIÈRE DE PRÉPARATION AUX MENACES ET PÉRILS MONDIAUX INCONTESTÉS.

— Le CUPMPM, ajoute DJ en émettant un petit sifflement. Le I est muet. J'ai lu des articles sur Internet. C'est une sorte de grosse agence d'espionnage ou quelque chose du genre, n'est-ce pas?

— Disons seulement que notre travail consiste à repérer les menaces à la paix mondiale. Et Clarence Doubléchec est une grave menace. J'ai accédé aux caméras de surveillance cachées ici à la patinoire, et...

Elle appuie sur la touche de lecture et l'image

montre le rayon gelant de Doubléchec qui frappe non pas la patinoire, mais les six enfants.

Karl tressaille au souvenir de **L'ONDE DE CHOC.**

L'image disparaît.

Stella est la première à briser le silence.

— Donc, ce rayon nous a donné des superpouvoirs?

— Oui.

— Mon hypothèse est confirmée!

— Je ne sais pas comment ni pourquoi, mais il semble que l'énergie contenue dans les **CRISTAUX DE GÉLUM 7** a été transférée à chacun de vous. Du moins, à cinq d'entre vous.

Karl fronce les sourcils.

— Attendez, commence DJ. **S'IL EST MÉCHANT, POURQUOI TRAVAILLAIT-IL ICI, DANS UN LABORATOIRE OFFICIEL DU GOUVERNEMENT?**

— Eh bien, c'est embarrassant... Nous pensions pouvoir lui faire confiance, mais nous avions tort.

— Au moins, il ira en prison! disent Benny et Jenny.

La PM PP reste silencieuse.

— Il est déjà en prison? demande Mo, plein d'espoir.

La PM toussote.

— Eh bien, non. Je suis allée à sa recherche dans les entrailles de la patinoire pendant que vous affrontiez les calmars.

Karl montre le pistolet du doigt.

— Et tout ce que tu as trouvé, c'est cette arme.

Pauline Patinage hoche la tête.

Ils demeurent silencieux pendant un moment, le temps de saisir l'ampleur de ce qui s'est passé.

Stella finit par demander :

— **ALORS, QU'EST-CE QUI VA NOUS ARRIVER MAINTENANT?**

— Vous avez reçu de grands pouvoirs. Nous allons devoir vous étudier et vous suivre de près, explique la PM Patinage.

Mo n'aime pas ce qu'il entend.

— Nous suivre de près? Je ne peux pas manquer l'école!

J'ai un examen d'anglais mercredi!

La PM agite les mains.

— Pas dans un labo ni rien de semblable. Ce que je veux dire, c'est que nous allons devoir... **VOUS GARDER ENSEMBLE.**

— Pas de problème pour nous! affirment Benny et Jenny en s'échangeant un clin d'œil.

— Et à portée de vue de nos experts...

La voix de la PM s'estompe alors qu'elle semble perdue dans ses pensées.

— Il faudra que je m'occupe des détails. Mais pour l'instant, nous devrions sortir d'ici et aller chercher à manger. Des raviolis chinois, ça vous dit?

— Et comment!

Les enfants remettent leurs vêtements de ville, sauf Mo.

— Il va falloir que je prévoie une bonne séance de magasinage, dit-il.

— Notre budget permettra probablement de couvrir tes dépenses, déclare la PM PP.

Stella lance un dernier regard vers la patinoire.

— **AU REVOIR, LES CALMARS,** dit-elle en éteignant les lumières.

Un bref miroitement bleuté dans la glace semble la saluer au moment où les lourdes portes se referment.

Alors qu'ils entrent dans l'ascenseur, les six amis discutent avec excitation de la suite des choses.

Karl est encore un peu démoralisé lorsqu'il appuie sur le bouton pour remonter à la surface, mais quelque chose le fait sourire.

— J'ai tellement hâte de voir l'expression de l'entraîneur Delapointe quand il verra qu'il peut compter sur **SIX SUPER** RIGOLOS!

Les portes se referment juste au moment où la PM Patinage dit :

— Euh... À ce sujet...

CHAPITRE 18
DE BONNES NOUVELLES

Rond fixe les débris de ce qui était autrefois un laboratoire. Il a été détruit à la suite de trois épisodes de **CRISES DE COLÈRE À LA DOUBLÉCHEC.**

Le scientifique s'est rendu compte qu'il avait laissé son **FORMATRON 2 000** à la patinoire.

Résultat : trois ordinateurs démolis et une dizaine de tables de béchers renversées.

D'un air accusateur, Doubléchec a pointé vers Rond une règle à calcul.

— **COMMENT AS-TU PU ÊTRE AUSSI BÊTE?**

Rond n'a même pas mis les pieds à la patinoire, mais il savait que c'était inutile de clamer son innocence.

Une heure plus tard, Rond s'affairait toujours à nettoyer lorsque Doubléchec s'est mis à lancer des objets un peu partout.  Ce qui a déclenché sa fureur cette fois, c'est une vidéo de surveillance captée par un drone qu'il avait laissé planer au-dessus du MINISTÈRE DES AFFAIRES FRIGORIFIQUES.

L'image montre la première ministre et six enfants **non-dévorés-par-les-calmars-des-glaces** sortant de l'édifice et montant dans un hélicoptère.

La troisième **EXPLOSION** de Doubléchec est survenue lorsqu'il a trouvé, dans le courrier, une **AUTRE LETTRE DE REFUS** d'une ligue de hockey professionnelle :

Vous ne correspondez pas à ce que nous recherchons comme gardien de but en ce moment. Ni à n'importe quel autre moment.

Après avoir complètement saccagé le labo, Doubléchec s'est retiré dans son repaire avec un chocolat froid.

D'un coup de balai, Rond jette les derniers éclats de verre dans une poubelle géante. Il fixe la vidéo du drone qui passe en boucle sur le seul écran encore intact. **PUIS UNE IDÉE LUI VIENT.**

Peu de temps après, il frappe doucement à la porte de la chambre secrète de Doubléchec.

— **QUI OSE ME DÉRANGER?** tonne Doubléchec.

— J'ai de bonnes nouvelles, Votre Génie, dit Rond qui hésite en passant la tête dans l'embrasure de la porte.

Doubléchec reste silencieux pendant une minute, puis répond dans un sifflement à peine audible :

— Elles ont intérêt à être bonnes.

— J'ai pris la liberté d'exécuter un logiciel de

reconnaissance faciale sur la vidéo des enfants.

— **C'est tout, espèce d'imbécile?** J'allais le faire demain matin à la première heure.

— Je n'en doute pas, Votre Génie. Mais les six enfants vont à la même école.

— Pfff. Cela va de soi.

Rond prend une grande inspiration et compte jusqu'à cinq en silence.

— Et cette école...

Il marque une pause pour produire, espère-t-il, un effet théâtral.

— ... cherche un nouvel enseignant de sciences.

Il grimace aussitôt, se préparant à recevoir tout projectile se trouvant à portée de main de Doubléchec. Mais rien ne lui parvient par la voie des airs, sauf ces quelques mots :

— **Rond, va chercher mon sarrau.**

ÉPILOGUE
GRRRRRRRRRRRRR

Les **SUPER SIX** sont assis ensemble à la cafétéria et mangent leurs pointes de pizza, un peu découragés de leur situation actuelle.

— Cette pizza a un goût de rondelle de hockey, dit Mo en laissant sa 20e pointe retomber tristement dans son assiette recyclée.

Une banderole accrochée au-dessus de la scène annonce la première partie de la prochaine saison de hockey des **RIGOLOS**.

ON ♥ LES RIGOLOS!

Les **SIX** l'ont faite eux-mêmes, car il s'agissait d'une punition donnée par l'entraîneur Delapointe. Ce dernier s'est dit « triste et déçu » qu'ils n'aient pas tenté de se joindre à l'équipe.

— En fabriquant une banderole pour les vrais joueurs de hockey, vous découvrirez ce qu'est l'esprit d'équipe.

Karl a failli raconter la vérité, mais un coup de coude dans les côtes de la part de Stella lui a rappelé leur promesse. Celle de se montrer discrets. D'attendre que les ennuis se manifestent et de faire comme si absolument rien d'étrange ne s'était passé.

Stella a repris son rôle d'**HURLUBERLUE** et DJ, celui de **BIZARRE.** Benny et Jenny arrivent toujours à simuler **UNE DISPUTE ENTRE FRÈRE ET SŒUR.** Karl est simplement **RESTÉ KARL.**

Mais la situation de Mo était plus difficile à expliquer. La solution retenue consistait à lui obtenir un billet du médecin pour qu'il puisse s'absenter de l'école pendant une semaine, puis expliquer qu'il avait eu une **POUSSÉE DE CROISSANCE.** Il a profité de cette semaine-là pour s'exercer à ne pas écrabouiller tous les gobelets, tasses, crayons et stylos qu'il prenait. Et il a fait... quelques progrès.

L'entraîneur Delapointe entre dans la cafétéria, aperçoit les six enfants et se contente de secouer tristement la tête avant d'aller chercher sa part de purée de pommes de terre, de purée de pois et de pizza.

Karl l'observe, la lèvre tremblotante.

— **CE N'EST PAS JUSTE.**

C'est le plus difficile de tout ce qui leur est arrivé : faire semblant d'être encore plus mauvais au hockey qu'avant d'être bombardés par le rayon.

Mo lève les yeux vers la banderole.

— Pfff! fait-il.

Pour une raison quelconque, **LEUR NOUVEL ENSEIGNANT DE SCIENCES, L'ÉTRANGE M. GARDIEN,** leur a ordonné d'ajouter le cœur sanglant et anatomiquement exact d'un humain plutôt qu'un cœur joliment dessiné.

— Dégoûtant, déclarent Benny et Jenny.

— **HÉ!** lâche soudain Mo.

Quelqu'un a renversé son lait au chocolat. Le liquide se répand sur la table et dégouline sur son pantalon tout neuf.

— **QUI A FAIT ÇA?**

— Devine, dit Karl en pointant quelqu'un du doigt.

Mo se retourne pour jeter un coup d'œil derrière lui. Six jeunes sourient d'un air satisfait, sans même se donner la peine de prendre un air innocent.

Le plus costaud, Billy Crapaudine, lui jette un regard mauvais.

— Désolé. Je ne t'ai pas vu, pauvre nul.

Ses acolytes ricanent.

— La GRAPPE, siffle Mo.

Eh oui, comme promis, tu vas maintenant faire connaissance avec le **GROUPE DES RIGOLOS ABSOLUMENT PRODIGIEUX ET PARFAITEMENT EXÉCRABLES.**

Lorsque l'entraîneur a rayé les SUPER SIX de la formation, il a offert leurs places aux six élèves les plus méchants de l'école.

Les membres de la **GRAPPE** sont **DOUÉS POUR LE HOCKEY.** Ils sont **AUSSI DOUÉS POUR LA VIOLENCE.** Et, à la suite d'un revirement qui agace Mo et ses cinq coéquipiers, ils sont devenus les chouchous de M. Gardien, ce qui signifie qu'ils règnent en maîtres à l'école.

Lucrèce Cuirasse montre le lait du doigt.

— Peut-être que si tu buvais ton lait au lieu de le porter, tu ferais partie des **RIGOLOS**. Ha, ha.

Stella passe quelques essuie-tout à Mo.

— Reste calme, dit-elle. L'équipe. Pense à l'équiiiiiiiiiipe.

— Qui t'a dit de parler, l'hurluberlue? demande d'un air méprisant la troisième membre de la GRAPPE, Gaby Gourde.

— C'est ce poulet invisible derrière toi, répond DJ en pointant de son index.

Bien malgré elle, Gaby se retourne. Naturellement, il n'y a rien derrière elle. Du moins, rien de visible, et les autres membres de la GRAPPE se paient aussitôt sa tête.

Ce qui, bien entendu, rend Gaby furieuse. Elle s'empare de la dernière pointe de pizza de Mo et s'apprête à la lancer vers Stella lorsqu'un **CRI STRIDENT PERCE L'AIR,** suivi de la sonnerie assourdissante du système d'alarme de l'école.

— **REGARDEZ DEHORS!** hurle quelqu'un.

Tous tournent la tête dans la même direction.

À travers la fenêtre, les élèves aperçoivent **SIX ÉNORMES, MONSTRUEUX...**

— **TYRANNOSAURES!** crie une voix.

Stella fronce les sourcils et chuchote à l'intention de Karl :

— Je dirais que, d'un point de vue anatomique, ils ressemblent davantage à des geckos de la taille d'un dinosaure.

Karl approuve d'un signe de tête.

Quoi qu'il en soit, ils sont gros. La majorité des élèves sont pris de panique et se précipitent dans tous les sens, cherchant une issue.

L'un des lézards entend les cris et se retourne. Ses yeux rouges flamboient tandis qu'il observe la scène. **IL SOURIT ET SE LÈCHE LES BABINES.**

Les membres de la GRAPPE s'enfuient si vite qu'ils créent un courant d'air. Ils bousculent les autres élèves et sortent à toute allure par-derrière. Les portes de sortie battent paresseusement une fois que le dernier élève s'est sauvé.

La cafétéria est maintenant déserte, à l'exception de six enfants qui regardent calmement le monstre s'approcher.

Benny et Jenny sourient.

— Enfin!

— Oui, je crois qu'il est temps d'apprendre les bonnes manières à ce lézard, dit Mo en faisant craquer ses jointures.

Stella promène son regard autour d'elle pour s'assurer qu'ils sont vraiment seuls. Elle appuie sur un bouton et son fauteuil roulant se transforme en une luge noire aux lignes pures. **SES VÊTEMENTS SE MÉTAMORPHOSENT EN UNIFORME.** Un numéro 6 de couleur rouge orne le devant de son chandail.

— Ces combinaisons que le CUPMPM a conçues pour nous sont franchement géniales, dit-elle.

Un claquement retentissant se fait entendre lorsque DJ referme son nouveau gant en titane.

— Tout à fait.

Mo tend le bras d'un mouvement rapide, et un bâton de hockey se déploie dans sa main.

— **ALLONS-Y,** dit Stella.

Elle mène la charge vers les portes de devant.

Benny et Jenny se retournent.

— **CAPITAINE KARL, TU VIENS?**

— Je vais faire ce que je peux, dit Karl en prenant une dernière gorgée de son jus d'orange.

Il **PRESSE L'ÉCUSSON** sur son blouson aux couleurs de l'école, et celui-ci se **TRANSFORME** en uniforme rouge scintillant.

Karl effleure le C rouge sur sa poitrine et sourit. Il n'a peut-être pas de superpouvoir, mais il est fier de faire partie de cette équipe.

—ALLEZ, LES SUPER SIX! lance-t-il en courant rejoindre ses amis.

Tandis que Karl file à toute vitesse, il ne remarque pas que sa **BOUTEILLE DE JUS EST COMPLÈTEMENT GELÉE.**

NE MANQUE PAS LES NOUVELLES PÉRIPÉTIES DES SUPER SIX DANS LEUR PROCHAINE SUPER AVENTURE!

REMERCIEMENTS

J'adore le hockey.

J'adore aussi les bandes dessinées.

Peut-être que tu l'as déjà deviné, car ceci est le premier livre d'une série qui combine des superhéros avec le sport national (d'hiver) du Canada.

Mais l'amour que j'ai pour ces deux passions est profond.

Les bandes dessinées étaient tout ce que je pouvais lire quand j'étais enfant. J'avais besoin des illustrations pour m'aider à comprendre le texte. J'ai dévoré chaque bande dessinée de *Spider-Man*, *Fantastic Four* et *Daredevil* sur laquelle je pouvais mettre la main. J'ai appris d'incroyablement longs mots de Stan Lee (EXCELSIOR!), et parce que tout le monde autour de moi – enseignants, bibliothécaires, parents – m'a laissé les lire, je suis tombé amoureux de la lecture. Et j'ai maintenant écrit (ou illustré) trente livres.

C'est la même chose pour le hockey. Je n'étais pas un enfant athlétique, mais mon oncle Fred voulait se débarrasser d'une vieille paire de jambières de gardien de but quand j'avais environ douze ans, et mes parents (Dieu les aime) les ont achetées et les ont données à moi et à mes frères. Depuis, je suis gardien de but.

Le hockey m'a aidé à me sentir à l'aise dans mon corps plutôt trapu. (La danse peut faire la même chose, mais mes parents m'ont offert des jambières de gardien de but.) Le sentiment particulier que je ressentais en me servant de mes bras, de mes jambes, de mes poumons et de mon cœur m'a aidé à devenir plus sain et plus confiant.

Je suis encore gardien de but la plupart du temps (comme DJ, je suis un autre «bizarre devant le filet»), et je joue toujours au hockey trois fois par semaine. Je me suis rapidement fait des amis grâce à ces matchs. D'accord... pas si rapidement que ça, nous sommes vieux. Mais nous sommes liés par notre amour pour ce sport.

J'espère que cette série de livres te montrera à quel point les amis et le plaisir rendent ce sport formidable.

LES SUPER SIX DU HOCKEY

DANGER : GLACE MINCE

DISPONIBLE AU PRINTEMPS 2021